100回目の空の下、君とあの海で

櫻井千姫

STARTS
スターツ出版株式会社

悠海(ゆうみ)ちゃんへ

二度目のお別れだね。

一度目のお別れは突然だった。地震があって、津波が来て、お母さんと逃げて、でも結局、間に合わなくて。

気がついたら私、悠海ちゃんから遠く遠く離れた場所にいた。

もう一度、私がいなくなって悲しんでいる悠海ちゃんに会いたいと、悠海ちゃんのところに戻りたいと。

そう思ったのは、間違いだったのかな。

結局、私のせいで悠海ちゃんには二度目の悲しいお別れをさせることになってしまった。

でもね、悠海ちゃんのそばでぬいぐるみの中に入って過ごしたこの四年間、私、結構楽しかったんだよ。

それまでの十二年間よりもさらに近く悠海ちゃんのそばにいられて、恋をしたり東京(とうきょう)の友だちといろいろあったり、そんな悠海ちゃんを励ましたり、ときには喧嘩(けんか)したり。

本当に、楽しかった。
私はたぶんいわゆる幽霊というやつなんだろうけれど、世界いち幸せな幽霊です。
だから悠海ちゃん、どうか泣かないで。
いや、泣いてもいいけれど、ちゃんと前を向いて。
これから私は悠海ちゃんに、さよならを言いにいく。最後のお別れをするために、
最後にもう一度、地上へ降りる。
悠海ちゃんが大切だから、私はここで、本当の死者になる。

悠海ちゃん。
大好きだよ。

目次

100回目の空の下、君とあの海で

第一章　初夏の青空、ルビーの欠片が散らばる

その日から、一年と九カ月前。

ばしん。

バレーボールクラブに入っている乙女のアタックが、真っ赤なビーチボールに炸裂する。飛び跳ねる乙女の背が高くてしなやかな身体が、入道雲が浮かぶ青空をバックに映えていた。カモシカみたい、という月並みな比喩が浮かんだ。

「よっし、今ので一点キメた！　彩希子、負けないからねー！」

「あたしだって負けないよ、バレーボールクラブの意地見せてやる！」

「もう、乙女と彩希子は本気出さないでよー！　わたしと紬は運動苦手なんだからー」

そう言うと、わたしも、とか細い声で愛瑠が言った。愛瑠は絵が上手で算数が得意だけれど、体育と社会が苦手なおとなしい子。五年生の女子六人は運動が得意で活発なタイプの乙女、彩希子、美宇と、みんなのあとからついていくタイプの愛瑠、紬、そしてわたしとではっきり分かれている。といってもうちの学校は五年生全員で十二人だけ、女子もたったの六人だから、派閥とか思春期の女の子にありがちだというド

ロドロした人間関係の問題だとかは、全然ない。

　のんびり屋で不器用なわたしにとっては、とても恵まれた環境だ。

「快司（かいじ）ー、何さっきからバシャバシャ撮ってんの！　男子は男子らしく、水鉄砲で遊んでてよー！　エロい写真でも撮ってたら承知しないんだからね！」

　乙女と同じバレーボールクラブの彩希子が、さっきからずっと女子六人のビーチバレーをばしばし一眼レフに収めている快司くんに半ば抗議するように言う。彩希子は五年生の女子でいちばん気が強くて、男子ともしょっちゅう喧嘩をする。思ったことをはっきり口にする性格は、わたしからするとちょっと羨ましい。

「記念だよ、記念。こういうの、あとから見たらすげーいい思い出になるだろ？　現像したらあとで学校に持ってきてやるから、欲しいのあったら言えよ！」

　快司くんは三年生の頃からカメラに凝っていて、四年生の誕生日に一眼レフを手に入れてからというもの、遠足、運動会、サンドフェス、そしてこういう、休みの日にみんなで遊ぶ時なんかも、必ずカメラを持参する。学校行事ではいつも担任の武石（たけいし）先生が写真を撮ってくれるけれど、撮った枚数ではきっと快司くんのほうがはるかに上回るだろう。

　六月の上旬、梅雨の晴れ間、海開き直前。白砂（しらさご）のトレードマークであるこの海水浴場は、真夏の最中に比べるとまだ客足は少ない。空は夕べの雨にすっきりと洗われた澄みきった青で、気温は二十八度。子どもたちが海辺で遊ぶにはおあつらえ向きのいい天気だ。

ビーチバレーが乙女、美宇、愛瑠組の勝利で幕を閉じた頃、水鉄砲のぷしゅうという音が勢いよく空気を震わせた。

「きゃあ何すんの！　冷たい!!」

「へへっ、いつもやられてるお返し」

水鉄砲を背後から思いっきり浴びた彩希子がこうくんに抗議する。こうくんと彩希子は幼なじみ。彩希子はすぐに男子と喧嘩するけれど、こうくんとは中でも挨拶がわりのように喧嘩する。わたしと紬とあっくん、三人の幼なじみがすごく仲がいいのと同じで、喧嘩ばっかりの彩希子とこうくんも実はすごく仲がいいんじゃないかとわたしは思ってる。

「いいじゃんお前、今、水もしたたるいい女になってるぞ」

「何それ、今どき水もしたたるいい女って。じじくさっ！」

そこでこうくんが水鉄砲片手にしばし、固まった。はっとしたように目の前の彩希子を頭のてっぺんからつま先まで、じっくり視線でひと撫(な)でする。

「な、何!?　何かあたしの顔にでもついてる？」

「いや。お前、いつのまにか胸大きくなったんだなと思って」

今日は水泳の授業専用のスクール水着じゃなくて、みんな街で買ってきたお気に入りの水着姿。さすがに小学生だからビキニはいないけれど、彩希子のフリルがついた胸もとは、控えめだけどたしかにぷっくりとふくらみがある。

耳まで真っ赤になった彩希子が思いっきりこうくんの頬を殴った。ばちぃん、とものすごい音がした。

「いっ、いったー!! 今の本気で痛かったぞ!? 何すんだよお前」

「そりゃ殴るわよそりゃ! あんた、あたしの胸見て何考えてんのよ! もう最悪! 晃太郎のどスケベ! 変態! 今すぐ死んでっ!!」

「ちょ、お前、過剰反応すぎ。俺、ありのまんまを言っただけじゃんかよー」

まぁまぁ、と、としくんが仲裁に入る。四角い縁の眼鏡がよく似合うとしくんはクラスでいちばん勉強ができて、みんなと同じ小学五年生のはずなのに、下にふたりも妹がいるせいか中学生みたいに落ちついている。うちのクラスでもちょっとお兄さん的存在で、こういう喧嘩を丸く収めるのが得意だ。

「他人の気にしてることを言うのは駄目だよ。デリケートな問題なんだから」

「だよね!? 利樹もそう思うでしょ!?」

「でも、殴るのも駄目。喧嘩両成敗、どっちも悪い」

としくんにずばりと言われて、彩希子がぐっと言葉に詰まる。としくんに促され、双方どことなく納得のいかない表情のままごめんなさいとなって、その喧嘩は終了した。

「でも確かに彩希子の胸、大きいよねー」

美宇がわたしの腕を突っつきながら声をひそめる。ゴム跳びがクラスいち得意な美宇は、いつもは活発で明るいのに、このテの話をする時は占い師が予言を告げるような神妙な口調になる。

「知ってる？　彩希子のブラジャー、Bカップなんだって」

「Bカップ!?　嘘っ、それってなんかもう、まるで、大人みたいじゃない!?　わたし、まだスポーツブラだよぉ」

「私も……」

隣で、紬が敗北感たっぷりの声を出す。小学五年生にとって、他の子よりも胸が大きいというのは悩みになるし、小さくても悩みになる。だいいちBカップってどれくらい大きいのか正直よくわからないし、聞いたら悠海ってばそんなこともわからないの!?　って言われちゃいそうでとても聞けない。

「わたしなんてまだ、ブラジャーつけたことないよー。上のお姉ちゃんはわたしの歳にはもう生理、来てたんだって。下のお姉ちゃんも五年生の時にはブラ、つけてたし。きょうだいでわたしだけ、遅れてるんだよね」

愛瑠も敗北感たっぷりに言う。身体が小さい愛瑠と紬は、五年生の女子でも「発育遅れてる組」に入る。わたしは背は真ん中ぐらいだけど、胸は全然ふくらまない。

「生理、わたしは一度だけ来たなぁ。四年生の秋。でもそれ以来一度も、来てないんだよねぇ。わたしの身体、いったいどうなってるんだろう」

美宇が不思議そうに言う。四年生で初生理って、早いんじゃないだろうか。同じことを紬と愛瑠も思ったらしく、「発育遅れてる組」三人が顔を見あわせる。

「それって、一度だけでも来たってことでしょ!? 美宇、すごいよぉ！」

「えぇ、すごいのかなぁ？ でも乙女も四年生の時はすでに生理来てるよー。胸は全然だって、自分でも嘆いてるけど」

「いいなぁ、生理とか。私、早く生理になってみたい。ブラジャーもつけてみたい。スポーツブラじゃなくて、大人がする、ちゃんとしたやつ。ね、悠海ちゃん？」

いちばんの仲よしの紬に言われ、ちょっと言いよどんだ。これは、隠しておいた秘密を打ち明けるのに絶好のタイミングなのかもしれない。

「あのね、実は紬……」

「えー何っ、紬だけズルい！ みんなに言ってよぉ！」

美宇が言うと、かずくんたちとふざけていた彩希子と乙女も反応し、さっと女子の輪に入る。どうしよう。紬にだけ言うつもりだったのに、五年生の女子全員にこのこと、言うことになっちゃった。頬が自動的に熱くなっていく。

「あのね、実はね……」

声がかすれる。紬が隣で息を呑むのがわかる。わたしは両手をぎゅっと握りしめた。

紬、愛瑠、美宇、乙女、彩希子。五人の視線がじっとわたしに集中する。

「実はねわたし、もう、その……こないだ、来た」

「えええっ!?」

愛瑠がおとなしいこの子には似合わない大声を出した。友だちに先を越される、というのはよほどショックなことらしい。先を越したほうは越したほうで、ショックなんだけれど。

別にまだ生理になんかなりたくないし、大人にもなりたくないのに、自分ではどうしようもない力の前で勝手に大人に近づけられていく。

「なぁ。来たって、何が？」

かずくんの声で輪を作っていた六人が一斉にそちらを見た。かずくんの隣でしゅんくんも不思議そうな顔をしている。今の会話が聞かれてたという事実に熱くなっていた頬は一気に温度を失っていき、他の女子たち五人まで慌てだす。

「別になんでもない！　何も来てない！　てか、男子はこの会話聞かなくていいの！」

ムキになって美宇が言う。そんな言い方したらますます怪しいんじゃあ……と、ツッコみたくなった。

「なんだよそれ、男子だけ仲間外れかよー。ズルッ。なぁ俊平」

「うん。ズルい」

ゲームの腕はクラスいち、いや学校いちだけれど、教室ではおとなしくてあまりしゃべらないしゅんくんがずばりと言った。

「そんな、ズルいとかそういう話じゃないの！　これ、女の秘密なの！」

「美宇、そんな、女の秘密とか言ったらますますアヤしい！　もっと普通にして！」

「なんだよーお前ら、陰でひそひそこそこそ。わけわかんねぇ」

かずくんが水鉄砲片手につまらなそうな声を出した。説明したって、かずくんにこんなデリケートな問題はわからないし、説明したくも、ない。小学五年生の男子と女子の関係って、本当に難しい。いくらたった十二人しか学年にいない、仲のいい学校だからって。

「おーい！　篤樹のばあちゃんがスイカ持ってきてくれたぞー！」

こうくんが少し遠くからわたしたちを呼ぶ。こうくんの前にはあっくんがいて、おばあちゃんから受けとったスイカを誇り高そうに抱えていた。あっくんのおばあちゃんが目を細め、わたしたちに向かって元気に手を振っている。

「わぁー嬉しい！　これでみんなでスイカ割りできるね！　ありがとうございます！」

乙女が言うと、みんなもありがとうございます！　と元気よく声を重ねた。緑に黒の縞々（しましま）が鮮やかなスイカは、巨大な宝石みたいに綺麗（きれい）だった。きっと、中にはルビーのように真っ赤な実がたっぷり詰まっているんだろう。

「いつもうちの篤樹がお世話になってるからねぇ。みんなでスイカ割りして、美味（おい）しく食べてくれたら嬉しいよ。ほら、篤樹のバットも持ってきたから」

「てかばあちゃん、こんな暑い中家から海まで歩いてきたのかよ！　もう七十なんだから、無理すんなよな！」

あっくん、わたし、紬の三人の幼なじみの家がある地区は、沿岸部から少し離れている。海まで歩いて二十分くらい。お年寄りの足だったら、もっとかかるかもしれない。

「平気だよ、こんくらい。だいたいわたしはまだ六十五だよ、七十じゃない」

「六十五も七十も一緒だよ！　ったく、ババァはこんな暑い日は家でおとなしくしてろよなー！」

あっくんの毒舌に、自然と笑みがこぼれる。あっくんはおばあちゃんにはこんなぶっきらぼうな態度だけど、本当は誰よりもおばあちゃんを思ってること。わたしも紬も、よく知ってる。

スイカ割りは、楽しかった。みんなでジャンケンして順番を決めて、目隠しされた子に向かって本当は右なのにもっと左！　いや後ろ！　とか、わけのわからないことを言って、ふざけて混乱させて、盛りあがった。結局誰も割ることができず、最後にこうくんがばしんとスイカを割って、ルビーの欠片みたいに散らばったそれをみんなで頬張った。

「よーしみんな、今から撮るぞー！　ほら、ちゃんとスイカ持って！　見えるように！」

快司くんが一眼レフを構える。言われなくてもみんなハイチーズ、の形に口もとが笑っていた。青空の下、自然に笑えていた。

ぱしゃん、とシャッターが初夏の一日を切りとる。

第二章　星にかけた願いは、叶わなかった

その日の、前日。

いつか自分が大人になるなんてまだ想像もできないし、たとえ想像したところでその『大人』というものはぼやぼやとした輪郭に包まれたはっきりと形のないもので、実際の『大人』にはおそらく、程遠い。絶対そんなわけはないんだけど、福田悠海という小学六年生は一生このまま、小学六年生の気がする。きっとわたしだけじゃなくて紬も、あっくんも、乙女も彩希子も美宇も愛瑠も、その他のみんなも、そうだっただろう。

配られたB5のレポート用紙に二十歳の自分へ宛てた手紙を書きあげるのに、夕べ一時間かかった。その手紙は他のクラスメートたちが書いたものと一緒に、ふたつのUFOを円盤同士くっつけたような銀色の球体をしたタイムカプセルに収められた。

タイムカプセルが埋まっている部分の土は湿っていて、周りの土よりも鮮やかな茶色をしている。

「皆さんが二十歳になった八年後の春、この白砂小は百回目の誕生日を迎えます。そ

の時にまたみんなでこの場所に集まり、一緒に百回目の桜を見ましょう。その桜はきっと特別な桜となり、皆さんの新たな門出(かどで)を心から祝福してくれるはずです」

宮城(みやぎ)県仙台(せんだい)市立白砂小学校の十二人の六年生を前に、校長先生が言った。隣には担任の武石先生。私立の中学に行くあっくんを除いて、みんな同じ中学校に進学することになっているから、卒業といっても友だちとの別れはない。でも昼休みによく一緒にドッジボールをしてくれた武石先生とも、毎朝校門のところでおはようと声をかけてくれた校長先生とも、そして六年間通ったこの校舎ともまもなくさよならすることになるのだと思うと、胸の奥にジワッと痺(しび)れるような、やわらかな痛みが湧いてくる。

幼稚園を卒園した時にはなかったこの痛みこそ離別に伴う感傷、と言うべきもので、こんな感情を知ったわたしはまだちっとも大人ではないけれど、確かに大人に歩み寄っているんだと思う。

「桜は、私たち日本人にとって特別な木です。毎年こんなに咲くのを楽しみに待たれて、散っていくのを惜しまれる花は他にはないでしょう。それは白いようなピンクのような花の色の美しさとか、パッと咲いてパッと散っていくその儚(はかな)さとかがそう思わせているのだと思いますが、先生は誰もが見上げることのない冬の、枯れ木の姿の桜が好きです」

校長先生の背後には、ついさっきタイムカプセルを埋めたばかりの茶色い地面が広がり、その向こうには薪の数がいつのまにか増えてるって怖い話をした二宮金次郎像、さらにその後ろにまさに枯れ木の姿の桜が佇んでいる。花も葉もない裸の桜は寒々しく、まだ真冬と言っていい仙台の三月の空の下、じっと冷たい空気に耐えているようだった。

「知っていますか。桜は、葉が落ちた冬でも小さな蕾をつけています。寒さに耐えながら、しっかり次の季節の準備をしているんです。その健気さが、先生はとても好きです」

わたしだけじゃなくてたぶんみんな、校長先生の肩の向こうに見える桜の枝の先っぽに目をやった。もちろん蕾があるかなんて、遠目にはわからない。でも想像の目が、小さくて固い蕾を見ていた。自分がいつか大人になるってことがまだうまく信じられないわたしと同じ、蕾の中で息を潜めている小さな花。

「これからの皆さんの人生の中にも、つらい冬の時がきっとあるでしょう。苦しいことや悲しいこと、どうしようもないことの前に立ち尽くすしかない、そんな日もやってくるでしょう。どうかそんな時にも負けず、桜のように寒さに耐えて、いつか春になったら自分の花を咲かせてください」

校長先生の大人の男の人にしては少し高い、厳かな声を、十二人の小学六年生と武石先生はじっと聴いていた。六年間、校長先生はたくさん話をしてくれたはずだけれど今思いだそうとしてもひとつもうまく思いだせなくて、もっとこの人の話を真剣に聞いていればよかったと、少しだけ後悔した。

五センチの身長差がある紬が少し低いところから言った。

「悠海ちゃんは手紙になんて書いた？」

並んで階段を上るわたしたちの横を、快司くんとこうくんが一段飛ばしで上って追い抜いていく。六時間目の終わりを告げるチャイムが鳴ったばかり、帰りの会がまもなく始まる校舎の中には子どもたちの声が響き渡って、みずみずしいざわめきに満ちていた。

「えー、秘密。言うの恥ずかしいよ」

「そんな、恥ずかしくなるようなこと書いたの？」

「違うけど。でも、二十歳の自分に向けて手紙を書けって言われても、困っちゃうよね。二十歳ってすごく大人だと思うけど、大人になった自分が何をしてるかなんて絶対わかんないもん」

こく、と紬の頭が小さくうなずいた。紬は日本人にしては色が白くて髪も色素が薄く、わたしの髪よりずっと茶色い。胸のあたりまで伸ばしたその髪を器用なその手で毎日三つ編みにしてるから、ほどいた時はパーマをかけているみたいにふんわりと綺麗にうねる。

「紬は？　手紙になんて書いた」

「悠海ちゃんが秘密なら、私も秘密」

そう言って紬が笑ったところでちょうど、教室についた。

黒板には絵の上手な愛瑠が模造紙に描いた桜の木がそびえ立っていて、花の形をした十二枚の紙にそれぞれの名前と『将来の夢』が書いて貼ってある。黒板の前にクラスメートのみんなが集まって書いた『将来の夢』を眺めながらしゃべっていた。

『大西（おおにし）美宇　看護師』
『川本（かわもと）愛瑠　マンガ家』
『高浜（たかはま）彩希子　体育の先生』
『山梨（やまなし）乙女　保育士』
『北村（きたむら）快司　カメラマン』
『小松（こまつ）俊平　ゲームクリエイター』
『時岡（ときおか）晃太郎　警察官』
『関山（せきやま）利樹　外交官』

『野原一雅（のはらかずまさ）　サッカー選手』

『井澤篤樹（いざわ）　新聞記者』

『中園紬（なかぞの）　パティシエ』

『福田悠海　先生』


「紬はパティシエになるの―？」

そう聞いてきたのは『保育士』と書いた乙女だ。顎のところで短く切り揃（そろ）えたおかっぱ頭を揺らし、目を輝かせている。

「うん、高校卒業したらパティシエの学校行くつもり。そのあとは留学したいな。フランスとかに」

「フランスかぁ。なんかすごーい」

紬は不器用なわたしと違って家庭科が得意で、手芸も料理もすごくうまい。三年生の終わり頃からお菓子作りにハマっていて、ケーキとかパイとかタルトとか、小学生の手によるものとは思えないほどのでき栄えをささっと作ってみせる。

大人になったらパティシエになりたい、という夢は前から語っていたけれど、留学まで考えてるなんて今初めて知った。

「乙女は保育士なの？　ちょっと意外」

「うーん、まだ考え中だけどね。上のお姉ちゃんが保育士だから、大変な仕事だってわかってるし。でも自分にも弟や妹が欲しいっていうのはずっとあったから、小さい子に何かしらの形で関われる仕事がしたいかな」

「乙女は保育士かぁ。なんかすごいな」

将来の夢を『看護師』と定めた美宇が言う。美宇は体育が得意でドッジボールも大好きな活発な子だから、『看護師』という夢はちょっと意外だ。

「看護師だって、すごい仕事だよ！　なんで看護師なのー？」

「幼稚園の頃から、なんとなく憧れで。お母さんが看護師だっていうのもあるけどね。わたしも大変な仕事だって、よくわかってる。でも、やってみたいんだ。高校卒業したら看護師の専門学校か、看護科のある大学行きたい」

「みんな偉いね。将来のことちゃんと考えてて」

そう言ったのは彩希子。彼女の夢は『体育の先生』。

「体育の先生だって、ちゃんとした夢でしょ？」

「えーでも、なんとなくだよ。将来の夢を書けって言われて全然思い浮かばなくて、考え中なんて正直に書けないから、無理やり書いただけ」

「なんで体育の先生なの？」

「最初はバレーの選手になりたいって書こうと思ったけどそんなの絶対、無理じゃん？　でもバレーに関わる仕事はしたいから、中学か高校の体育の先生になって、バレーボール部の先生になりたいかなって」

「絶対無理な夢書いて、悪かったな」

彩希子の隣にいたかずくんが口を尖らせた。あぁ、また彩希子と男子の喧嘩が始まったな、と心の端っこで思う。

「何よ別に、悪いなんて言ってないじゃない」

「サッカー選手って書いた俺の隣で、バレーの選手になるのが絶対無理って言うことないだろ。言っとくけど俺だって、別に本気でサッカー選手になりたいなんて思ってないからな」

「じゃあなんでサッカー選手って書いたの？」

乙女に聞かれてかずくんが少し困った顔になった。サッカー選手になれるかどうかはわからないけれど、かずくんはサッカーがうまい。かずくんといちばん仲がいいあっくんも一年生の頃からサッカーをやってるけど、体育の時間に見る限りではかずくんのほうがボール捌きがずっと上だ。

「彩希子と同じだよ、絶対無理だってわかってるけど、書かないといけないから、なんとなく書いた。今から思えば、もうちょっと考えてから書けばよかったな」

「悠海は先生？」

かずくんの横からあっくんがひょこんと首を出して言う。二重の目がいつになく真剣で、どきりとした。先生になりたい、その思いの裏に隠されたものを探られているように見えたから。

「うん。わたしもなんとなく、だけどね」

「悠海が先生かぁ。想像つかないな」

「あっくんが新聞記者になった姿こそ想像つかないよ」

「うるさいな」

「あっくんはなんで新聞記者になりたいのー？」

紬が聞いた。あっくんも少し困った顔になる。

「悠海と同じだよ、なんとなく。新聞記者になったら政治家とか芸能人とか、すごい人にいっぱい会えるかもしれないし。それに、なんか響きが恰好（かっこう）よくて」

「響きが恰好いいの書きたいなら、私と同じパティシエにすればよかったのに」

「新聞記者だってじゅうぶん響き、恰好いいじゃん」

「ほら、席つけー」

教室の後ろのドアから武石先生が入ってきてみんないそいそと自分の席につく。ツルツルした素材の白いジャスがよく似あっている。昨日はエンジで、その前はネイビー。どれも恰好よく着こなすけど、わたしは混ざりけのない白が先生の教室の後ろまでまっすぐ届く声とぴったりな気がして、いちばん好き。

そんな先生の顔が毎日見られるのも、あと一週間だ。

「前から言ってるけど明日の国語の時間には親への感謝の手紙を書いてもらいます。すらすら書ける人はいいけれどそうじゃない人は、今日のうちから内容を考えておくように」

「卒業式だからって、なんでそんなことしなきゃいけないんですかー？」

男子の学級委員をやっているこうくんが不満を隠さない声で言った。

「二十歳になった自分への手紙とか、親への手紙とか、手紙ばっかり書かされても困るんですけど。そんなにたくさん書くことがありません」

「だいたい、親に感謝なんてしてないもんなー」

授業中によく私語をするなって怒られる快司くんが茶化すように言った。彼の将来の夢は当然のごとく『カメラマン』。

「そんなこと言ったって、書けって言われたんだからしょうがないでしょ」

「そうだよ。去年の六年生も、その前も六年生もやったことなんだから」

彩希子と乙女が男子たちを説き伏せる。他の子たちも隣の子と話を始めて、少しの間教室がざわついた。小学生らしく好き勝手なことを言う子どもたちをぐるりと眺めまわしたあと、武石先生が言う。

「確かに、みんなの歳ではまだ感謝するって難しいのかもしれないな。感謝って気持ちはつらかったり悲しかったり、いろいろなことを経験してから初めて生まれてくるものだと先生は思う。でも、毎日学校で友だちと会えたり、一日三食ご飯を食べられたり、遊んだり勉強したり。そういうあたりまえこそが実は幸せなんだってことは覚えておいてほしい。そのあたりまえができない子も世の中にはたくさんいるんだ」

こうくんは不満そうな顔のままで、快司くんもやっぱり不満そうな顔でランドセルの横にぶら下げたキーホルダーをいじっていて、彩希子と乙女は言われていることがわかったようなわからないような目をじっと黒板に向けていた。

先生の言うとおり、小学六年生には感謝するって難しい。わたしたち十二人のほとんどは胸を引き裂かれるような別れも理不尽な出来事の前で歯がみするしかない口惜しさも経験してなくて、だからこそ何かや誰かに心の底からありがたいと思う感情もまだ、知らない。

夏には紬やみんなと遊んだ海からほんのりと潮のにおいがする冷たい風が吹きつけ、頬を叩く。海水浴の季節にはまだ遠い。ざあざあと海鳴りが耳を揺らし、ピーコートのフードが風に合わせてかさかさと音を立てた。

「山渕さん、こんにちはー」

「はい、こんにちは」

校門を出てすぐのところに地区会長の山渕さんの家はある。もう八十を超えているおじいちゃんで、元漁師。子どもたちが帰る今の時間は庭の植木の手入れをしていて、通り過ぎる子どもたちと挨拶を交わすのが日課。子どもが好きなおじいちゃんなんだ。

「六年生はあと一週間で、卒業式かい」

「そうです。毎日毎日、卒業式の練習ばっかり」

「もうそんなになるかぁ。悠海ちゃんと紬ちゃんと篤樹くんが一年生だった頃がまだ、昨日のことのようだよ。この歳になると本当に、時間が経つのがあっというまでねぇ」

山渕さんは通り過ぎる子どもたちの名前をひとりひとり、ちゃんと覚えていてくれる。校長先生と同じくらい、白砂小の子どもにとっては身近な大人だ。

山渕さんにさようならと手を振り、わたしたち三人は歩きだす。海から少し遠い新窪という地区にわたしの家はある。自宅からいちばん近いのは紬の家、その次にあっくん。三人は幼稚園に通うようになる前からよく一緒に遊んでいて、学校に通い始めると自然と登下校をともにした。夕飯の時刻まで誰かの家に寄って、みんなで遊ぶこともあった。

そんな日々もあと一週間で終わる。わたしと紬は四月からも同じ中学に通うけれど、あっくんは仙台市中心部にある私立の中学に通うことになってるから。

「大人になった自分へってのはまだわかるけど、みんなで親への感謝を手紙にしなさいって絶対、間違ってるよ。そんなのただ先生たちがやりたいだけじゃん。ありがとうって気持ちは自分が言いたい時に言えばいいもので、誰かに言わされるのは違うと思うな」

「じゃあ、あっくんは手紙、書かないの？」

斜め前を歩くあっくんが振り向いた。まだ背のあまり高くないあっくんの目線はわたしより少し低いところにある。

「そんなわけにいかないだろ、みんな書くんだから。まぁ適当に、今までありがとうございました、これからもよろしくお願いします、中学に入っても頑張りますって、無難なこと書くよ」

「ふーん。わたしはなんて書こうかなぁ。こうくんじゃないけど、わたしも困っちゃうよ。毎日のように手紙ばっかり書かされて、ほんとにそんなに書くことないもんね」

「悠海、ちょっと」

右隣から紬が肩口を引っ張る。耳に口が近づいて、ぬるい息が耳たぶにかかった。

「ふたりだけで、神社に寄れない？　悠海に話あるから」

神社は海水浴場の入り口近く、海岸沿いに植えられた松林の中に建っている。神社といっても小さな石碑と細い鳥居があるだけの簡単なものだけど、ちゃんとした水の神様だ。雨乞いに霊験があると言われていて、体育の苦手なわたしと紬は運動会の前日に明日雨が降りますようにと四年生まで毎年お参りした。

願いは叶わず、当日はいつもピーカンの晴天だったけど。

「俺も行っていい？」

「あっくんはダメ」

紬の声はいつになく硬い。あっくんが少しだけ眉をひそめた。

「なんだよ、俺だけハブかよ」

「女同士の話なんだよ。ね、紬」

紬がこくっと大きくうなずく。海原を駆け上ってきた風が松の梢を揺り動かしていた。

「何それ。女子ふたりで俺の悪口でも言うわけ？」

「違うってば。あっくん、被害妄想激しすぎ」

「冗談だよ。あのな、お前ら。今のうちに言っとくけどな」

あっくんが軽く胸を反らした。寒いせいか、鼻のてっぺんがちょっとだけ赤くなっている。

「中学違っても、なんか困ったことがあればいつでも俺を頼れよな。白砂小はド田舎小だって、バカにしたりいじめたりする奴がいたら俺が殴ってやる」

「殴るまでしなくて、いいよ」

呆れた声でわたしが言うと、あっくんはツンとそっぽを向いて駆けていった。その小さな背中が見えなくなる頃、紬と顔を見あわせて声を立てて笑った。

「あっくん、わたしたちのお兄さんかなんかのつもりなのかもね」

「ほんと、あっくんは昔からああなんだから。紬とわたしのこと、あれで守ってるつもりなんだよ」

紬とふたり、松林に入る。潮と松と冬のにおいが入り混じって、ツンと鼻を突く。神社には誰もいなかった。もとより、大人をあまり見かけない場所だ。すぐそばに海水浴場があるから、夏場はパラソルや浮き輪を抱えて行きかう人もときどきいるけれど、三月の今は本当に人が通らない。

「これ、悠海ちゃんにプレゼント」

鳥居の横、膝の高さまでしかない楕円形の手水鉢に腰掛けた紬が、ランドセルを開けてピンクのチェックの紙袋を取りだす。金色のリボン形のシールが紬の手の中できらりと光った。

「家庭科クラブで作ったの、卒業記念にみんなで何かひとつ作る、っていうので。全然大したもんじゃないけど」

うちの学校では四年生以上は全員、火曜日の六時間目にあるクラブ活動に参加しなきゃいけない。わたしは音楽クラブに入っていて、紬は家庭科クラブで得意の手芸や料理の腕を磨いていた。

「今開けていい？」

「いいよ」

ちょっと恥ずかしそうに笑う紬の手から紙袋を受けとり、封をしてあるハート柄のファンシーテープが破れないようにそっと開けた。出てきたのは洗いたてのように真っ白いフェルトを縫いあわせて作られた、小さなうさぎのぬいぐるみだった。赤い目が愛らしくクリクリしていて、銀色のボールチェーンが背中で揺れている。うさぎはピンクの花柄のワンピースを着ていた。小さな白い衿(えり)までくっついていて、本当に紬は器用なのだと感心してしまう。

「カバンにぶら下げられるようにしたんだけど、中学になってもこんなものカバンにつけてたら、子どもっぽいかな」

「子どもっぽくないよ、細かいところまでちゃんとしっかり作ってあってすごいと思う！　さすが紬、ありがとう」

安心したように紬がどういたしまして、と言った。

さっそくボールチェーンを外してランドセルの横にぶら下げる。梢から吹き下ろしてくる風がうさぎの軽い身体を持ち上げた。

「悠海ちゃん、あのね。私」

わたしの手もとをじっと見つめている紬の声が、ちょっと強張ってた。

「私、卒業式の日に告白しようと思うの」

手の中でボールチェーンがかちりとわずかな音を立てて閉じた。

わたしは手水鉢の上に座っている紬の顔をまじまじと見た。じっと俯（うつむ）いている紬の頬が桃色に染まっている。視線は向かいあっているわたしのつま先の、その向こうのほうにあった。いや、紬はその時どこかをじっと見つめているようで、どこも見ていなかったのかもしれない。見ているとしたらそれは今じゃなくて、少し遠くにある未来、もしくは遠くに置いてきた過去。

「告白って……あっくん？」

紬は小さく頭を上下に動かした。

小学六年生の恋バナなんて、きっと大人からしたらかわいらしいものなんだろうけれど、わたしたちは誰よりも真剣に、それこそ地球の未来と同じくらい、何度もそのことを真面目に話しあって、小学六年生なりに真摯（しんし）に自分の気持ちと向きあってきた。それぐらい、わたしたちにとって男の子を好きになるというのは一大事だった。

好きなものはたくさんある。たとえば、お母さんが作ってくれるじゃがいもたっぷりのカレーライス。たとえば、紬とお揃いで買ったdedend（デッドエンド）のペンケース。たとえば、他愛もない話をする登下校の時間。でもそんな『好き』よりずっと強くて甘くて切なくて苦い、別次元からやってきたものみたいに特別な恋という感情。

「式が終わって、教室でお別れ会があって、そのあとたぶんみんなで写真撮ったりアルバムに寄せ書きしたりするでしょ？　その時さりげなく階段とかに呼びだそうかなって」

「ほんとにやる気なんだね。紬、すごいなぁ。めちゃくちゃ勇気ある」

「だって、中学に入ったら今みたいに毎日会えないし、そしたら永遠に言えなくなっちゃうから」

いちばん古い記憶はたぶん二歳とか三歳とかそのあたりだと思うけれど、その頃の思い出の中にはすでに紬がいて、あっくんがいた。ご近所の三人は親同士も仲がよく、わたしたち三人もきょうだいみたいに育った。それでももちろん思春期というのは容赦なくやってきて、あっくんはあっくんで男子同士遊ぶことが増え、わたしも紬や他の女の子たちと一緒にいることが多くなった。

その上卒業、クラスどころか学校が別れ別れになってしまうんだ。携帯をまだ持たせてもらっていない子どもにとって、会うことがなくなるというのはその人間関係がなくなってしまうのと同じ。

「悠海は、いいの？　武石先生に告白しなくて」

「わたしは、いいよ」

その名前を聞くと心臓の中にぶわっと甘苦い毒が広がる感じがする。好きな人にもうすぐ会えなくなるのはわたしも一緒だ。

今でもくっきり鮮明に思いだせる。武石先生と初めて会ったあの瞬間。入学式を終えたばかりの一年生の教室で、黒板の前にすっくと立った武石先生の、五月の青空みたいな微笑み。

「はじめまして。今日からみんなの担任になる武石です。運動が大好きなので、休み時間にみんなでサッカーやドッジボールをして遊ぶのが今から楽しみです。一緒にいいクラスにしていきましょう」

その時、心の真ん中に真っ赤なボールを投げこまれたような気分になった。

たった六歳、小学一年生になったばかりのわたしの心に、武石先生の笑顔が突き刺さったんだ。

それを恋だと自覚し始めたのは、もう少し先。紬だけに先生が好きだと打ち明けたのは三年生の夏だから、その頃だ。

「それで、いいの？」

紬が俯いていた顔を上げまっすぐにわたしを見た。その視線が問いかける重みから逃げるように顔を逸らした。

「いいんだよ。先生は大人だしわたしは子ども、所詮叶う恋じゃないもん。それに先生、彼女いるし」

　四年生の終わり頃、日曜日に仙台駅の近くで武石先生がお似合いのとっても綺麗な人と一緒に歩いてたのを快司くんが目撃した時は、小さなクラスはちょっとした騒ぎになった。いつから付き合ってるんですか、とか結婚はするんですか、とか記者会見みたいに小学生たちから質問攻めにあった武石先生はちょっと困ったように、でも笑顔で、そして先生らしく威厳を込めて、一年前から付き合っています、今すぐじゃないけどいつかは結婚しようと思ってます、と宣言した。

　武石先生が好き、という自分の気持ちに気づくと同時にちゃんとわかっていた。大人を好きになっても想いが届くわけじゃないし、先生と結婚できるわけなんかないってことは。先生に彼女がいると知っても泣かなかったけれど、快司くんが見たその女の人のことを寝る前に何度か想像した。背は高いか低いか、髪は長いか短いか、染めているか、服はどんなものが似合うか、仕事は何か、どの芸能人に似ているか。

「叶うとか叶わないとか、ひとを好きになるのにそんなことは、本当はそんなに大事じゃないと思うけれど」

　視界の端っこで紬が言った。松林がざわざわと、海鳴りに重なって囁いていた。

「誰かを好きになる、すごく好きになる、その気持ちって、好きになった人から想いを返してもらえるかもらえないかは関係なく、きっと何年経っても何十年経っても、心の中のとっても大事な場所できらきらしてると思う。その人を想って悲しくなったり苦しくなったりしたことも、こうやって悠海ちゃんと他の子には言えない話をしたことも、いつかそのきらきらの一部になるんじゃないかな」

紬の言うことがとてもわかるような気も、全然わからないような気もして、曖昧にうなずいた。その時、自分でもびっくりしたんだけどはらりと涙がこぼれた。

紬があっくんに告白すると宣言したせいか、武石先生にもうすぐ会えなくなるという現実のせいか、海鳴りと松林のざわざわが重なった自然のハーモニーのせいか。わたしはすごく、物悲しい気分になっていた。

「なんで泣いてるの、悠海ちゃん」

紬が驚いた顔をして、わたしは慌てて頬に流れた雫（しずく）をぬぐう。なんで泣いてるのかなんて、自分でも説明できない。十二歳の涙腺はなんでこんなにも脆（もろ）いんだろう。

「なんでもない」

「なんでもないならなんで泣くの」

「ちょっと、涙がこぼれただけだよ」

「それを泣いたって言うんだよ。悠海ちゃんってほんと泣き虫だよね」

をかけようか、少し考えた。

　それからわたしたちは松林を抜けて、それぞれの家に帰った。またね、と玄関のドアの向こうに消えていく紬に手を振りながら、あっくんに告白したあとの紬にどう声をかけようか、少し考えた。

　紬が三つ編みを揺らしながら、ふわっと花がほころぶように笑った。

「泣き虫だよ」

「泣き虫って言わないで」

　うちはお父さんとお母さんで、福田ベーカリーという小さなパン屋さんを経営している。白砂でパン屋はここだけだし、価格もお手頃に設定しているから、お店の規模は小さくても客足が途絶えることはない。クロワッサンとフランスパンが人気商品だ。

「悠海、お帰り。早く洗濯物たたんで、お風呂の掃除やってちょうだい」

　家が商売をやっていると、こうして長女であるわたしが小学生ながら家事を任されるのはいつものこと。料理は苦手だから、洗濯とか掃除とか、ゴミの分別とか、小学生にもできる簡単な、でも小学生だったら本来はしなくてもいいようなことをやる。別に不満はないし、もう六年生なんだからしょうがないとも思うけれど、ときどき考えてしまう。うちが紬の家みたいに普通のサラリーマン家庭だったら、小学六年生にしてこんな主婦みたいなこと、しなくてすんだのになぁ、と。

お店は朝の七時に開店して、夜の七時に閉店。閉店から翌日の仕込み作業の間に夕食、束の間の家族四人の時間がある。今日の献立は酢豚にワカメと豆腐の味噌汁、さかまのサラダ、デザートに店の残りもののクリームパン。

「春海、ご飯の時ぐらいランドセルは下ろしなさい」

妹の春海は六つ歳が離れているから、今度小学一年生。真新しいランドセルが愛しくてしょうがないらしくて、家の中でもずっと背負ってる。お母さんが背中に空っぽのランドセルを背負いながら夕ご飯を食べる春海に、呆れた声で注意した。

「来月から悠海が中学生で、春海が小学生か。まったく早いもんだなぁ」

ビールのグラス片手にお父さんが感慨深げに言う。ほんのり赤らんだ顔が機嫌よさそうで、わたしはグッドタイミングとばかりにこの話題を持ちだす。

「ねぇ、もう中学生になるんだからさ。携帯買ってよ」

「携帯、携帯って、なんでそんなに携帯が欲しいの。家の電話じゃなんで駄目なの」

すかさず反対勢力が横やりを入れる。我が家の決定権は主にお父さんにあるけれど、そのお父さんに判断材料を与えるのはいつもお母さんだ。

「電話じゃなくてメールがしたいんだよ、メールが。友だちとメールしたいの」

「その友だちが携帯を持ってなきゃ、メールできないじゃない。紬ちゃんだって携帯、

「紬は持ってないけど、愛瑠は持ってるよ。あと快司くんでしょ、それにしゅんくん。みんな持ってるんだから、わたしも欲しいよ」

「みんな、ってたった三人じゃない？　悠海のクラスは十二人だから、二十五パーセント。全然『みんな』じゃないでしょう」

「中学に入ったら彩希子と美宇も買ってもらうって言ってたよ、それにわたしが買ってもらったら、五十パーセントになる」

「五十パーセントだって『みんな』じゃないわ」

そう言ってお母さんが父としての威厳を求めるようにお父さんを見つめ、わたしはじっとおねだりの眼差しを送る。お父さんはう～ん、とちょっと困ったように天井の端っこを見上げていた。

「携帯のいじめに遭ったり、よくないサイトにアクセスして事件に巻きこまれたり、ゲームばっかりして勉強に身が入らなくなったら困るからなぁ」

「何それ、娘を信じてないの？」

「信じてるよ、もちろん。でも、そういうことって悠海がどんなによい子でも、ある程度は起こりうるものだからね。中学に入って、少し様子を見てからじゃ駄目なのか？　ちゃんと勉強を頑張って、うちのお手伝いもきちんとしてたら買ってあげるよ」

少し様子を見てって、どれくらいのことなんだろう。半年？　一年？　二年？　大人の言う『少し』は子どもにとっては永遠にも感じられるほど長い時間のことだったりするから、お父さんの言うことを素直には信じられない。

「ねぇねー。春海、またベニーランド行きたいー」

真新しいピンクのランドセルを背負ったまま、間延びした声で言う春海が憎らしい。お父さんもお母さんも、春海には甘いから。わたしと違ってたいがいのわがままは聞き入れられるし、欲しいものも買ってもらえる。

姉なんかじゃなくて、妹になりたかった。

「わたし、部屋で宿題してる」

ふて腐れてることをアピールしたくて二階に上がったけど、お父さんとお母さんにこの反抗期らしい心がどれだけ伝わっただろう。

こういう時に携帯があって、紬にメールできたら素敵だな。家に帰ってからも、寝る直前までずっと紬とつながっていられる。その会話を誰かに聞かれることは絶対にない。それって家族よりも密なつながりだ。ひょっとしたら恋人よりも。素晴らしい。

そんなことを思いながら、紬が作ってくれたうさぎのぬいぐるみをランドセルの横でちょこんと揺らした。

＊

その日。

朝ご飯を食べているとリビングの電話が鳴った。春海のお弁当を作っていたお母さんが右手に菜箸を持ったまま左手で受話器を取る。

「もしもし、福田です」

わたしはお母さんの声を半分耳に入れながら、天気予報を映しだすテレビの画面をじっと見つめていた。今日の仙台は晴れ、でも午後から雨か雪の恐れあり。窓ガラスを透かす日差しは透明でまばゆいけれど、冬の色をしている。三月でもこのあたりは春には程遠い。

「悠海、今日紬ちゃん休みだって」

「え？　なんで？」

「風邪って言ってたわよ」

「昨日は元気だったのに」

あっくんに告白する、とひそかな決意を打ち明けた紬の今から緊張しているような硬い横顔を思いだす。具合が悪そうには見えなかった。それとも、告白することをあれこれ考えているうちに、知恵熱が出ちゃったんだろうか。

「洗濯はやっておくから、学校から帰ったらお風呂とトイレの掃除お願いね」

「わかった」

「じゃあ、気をつけていってらっしゃい」

お母さんに見送られ家を出る。お父さんはすでに店に出ていて、幼稚園の制服に着替えた春海はソファーの上でごろごろしながら絵本を読み、幼稚園のバスが来るのを待っていた。

いつもの道を歩きながら、すれ違う人たちと挨拶をする。白砂は田舎だから、このあたりはみんな顔見知り、登校中に挨拶するべき人がいっぱいだ。紬の家の前で二階にある紬の部屋のあたりを見上げ、紬が中からこちらを見てくれてたらいいな、お互いに気づいて手を振りあえたらいいな、と思ったけれど、紬の部屋の窓はオレンジのドット柄のカーテンに遮られていた。ちょっとがっかりして歩き続ける。

ひいひいおじいちゃんの代からあるあっくんの家は、古い。どっしりとした建物の屋根に黒いてかてかした瓦(かわら)がいっぱいに敷き詰められ、庭には貫禄ある松や桜が植わっている。白砂は漁師を家業としている家が多い。あっくんのひいひいおじいちゃんも、ひいおじいちゃんも、おじいちゃんも、漁師だったという。

「ばあちゃんの馬鹿!!」

チャイムを鳴らそうと手を伸ばしたところで、内側からまだ声変わりしていないきんと高い声が響き、乱暴に引き戸を開けてあっくんが飛びだしてきた。わけがわからず、わたしは中途半端に腕を上げた変な姿勢のまま、固まる。

「いつまでもじいちゃん、じいちゃんってうるさいんだよ！　結婚したらどっちかが先に死ぬのなんてあたりまえなんだから、それがいやなら最初から結婚しなきゃいいだろ！　いつまでもメソメソして、聞かされるほうの身にもなってみろよ!!」

「篤樹っ、おばあちゃんになんてこと言うの!!」

あっくんのお母さんの悲鳴に近い声がした。あっくんは弾丸みたいに玄関を飛びだしてきて、チャイムを鳴らそうとしていたわたしに気づき、あっと我に返った顔をした。わたしは固まったままだった。ふたりが見つめあっていたのはほんの一秒にも満たない間で、あっくんはすぐにフンと俯いてすたすた歩いていってしまう。その後ろからあっくんのお母さんが駆けだしてきて、さらにその後ろを弱々しい足どりであっくんのおばあちゃんが続く。

「篤樹……篤樹ごめんよ……」

あっくんのおばあちゃんは言いながら、泣いて震えていた。大人が泣くところを見るのはほとんど初めてで、わたしは信じられないものを見る目でじっとおばあちゃんを見ていた。涙はどんどん溢れてきて、透明な粒は細い目から出ているとは思えないほど大きかった。

涙は大きいのに、あっくんのおばあちゃんは小さかった。浜辺で遊んでるわたしたちにスイカを差し入れてくれたのはつい一年九カ月前のことなのに、ひと回りもふた回りも身体が縮んで、小さくなっていた。

あっくんのお母さんがたちまち遠ざかっていくあっくんの背中を見て、困った顔でわたしを見て、それからあっくんのおばあちゃんに声をかける。

「大丈夫ですよ、お義母さん。篤樹もきっと、あんなふうに言って後悔してますから」

「あの、わたし……」

「悠海ちゃん、朝からみっともないところ見せちゃってごめんね。篤樹、今日ちょっと機嫌悪いみたいで」

ちっとも悪くないのに、眉を八の字に下げて謝るあっくんのお母さんに向かって、ぶんぶん首を振った。

「わたし、全然大丈夫です！　あっくんと話してきます！」

ぺこっと頭を下げ、もうだいぶ遠くに行ってしまったあっくんを駆け足で追いかけた。

ハッハッと吐く息が白い。規則的に広がる白い塊の中で、黒いランドセルを背負ったあっくんの背中が少しずつ近づいてくる。

「あっくん、今すぐ戻って、おばあちゃんに謝ろう。わたしも一緒に行くから」

「なんでだよ」

「なんでって、あっくんだって悪いことしたって思ってるでしょう？　だったら謝ろうよ！」

「そんなことしてたら学校、遅れるぞ」

「学校なんかちょっとくらい遅刻したっていい！」

あっくんがいきなり止まるので、わたしは二歩ほどあっくんを追い越してしまった。振り返るとものすごく怒った顔で睨（にら）まれる。

「悠海にはわかんないんだよ。一日中じいちゃんの部屋閉じこもって、毎日のようにフラフラ出歩いて、いつ帰ってくるかもどこにいるかもわかんなくて。俺だって、父さんだって母さんだって、まだみんなつらいのに、それでも毎日をちゃんと生きてる。そういう人から、ひとりで悲しみに浸ってる人を見るのがどういう気持ちなのか。そんな気持ち、悠海に絶対わかるわけない。偉そうに言うな」

そう言い放ってわたしの横をすり抜け、まっすぐ学校まで駆けていくあっくんをもう、止められなかった。

あっくんのおじいちゃんは去年の秋、がんで死んだ。まだ六十八歳だった。小さい頃からあっくんの家に行くたび、よその子なのに自分の孫と同じようにかわいがってくれて、悪いことをしたら同じように叱ってくれる人だった。だから亡くなった時はわたしもつらくて、少し泣いた。親しい人と永遠に会えなくなる寂(さみ)しさを、初めて知った。

　赤の他人のわたしが泣くくらいだから、家族だったあっくんやあっくんのお父さんやお母さん、それにおばあちゃんの悲しみは相当なもののはずで、中でもおばあちゃんの落胆ぶりは、見ているだけで胸がぺちゃんこになりそうだった。

　あっくんが言うとおり、あっくんのおばあちゃんは一日中家に引きこもり、亡き人の面影を偲(しの)んで過ごした。時折外に出ているのを見かけるけれど、挨拶しても応えず、その目はどこも見ているようでどこも見ていなくて、ふらふらとただ歩いている。出かけたまま暗くなっても戻らないと、あっくんとわたしの家族とで手分けして捜しに行ったこともあった。ついに認知症が、徘徊(はいかい)が始まったのかと、あっくんのお父さんとお母さんは心配していた。あっくんはじっと痛みに耐えているような顔で、わたしと紬に「ばあちゃんボケたかも」とぽつんと言った。

　よく、『自分だったらどう思うか、相手の気持ちを想像してみよう』と言うけれど、家族を失ったことも家族が大病を患ったこともないわたしには、いくら想像してみたところであっくんの気持ちなんて到底わからない。わたしにも、あっくんを好きな紬にも、誰にも、絶対わからないと思う。

でも、わからないなりにわかろうとしたい。寄り添いたい。だって友だちだから。

そんな気持ちは、あっくんには届かなかった。


紬が休むと、学校は気の抜けたソーダ水みたい。授業中にこっそりおしゃべりする相手はいないし、給食の味は半分になったようで、昼休みのゴム跳びもいつものメンバーがひとりいないだけでなんとなくもの寂しい。一緒に遊ぶ彩希子も乙女も美宇も愛瑠も大事な友だちだけど、やっぱり紬は特別なんだ。

風邪はひどいんだろうか。卒業式までには治るかな。放課後、彩希子たちを誘ってお見舞いに行ってみようかな。

六時間目の国語の時間はそんなことばっかり考えてぼんやりしていた。

「悠海はもう書けたのか?」

「あ、いや、ちょっと、内容を考えてました」

慌てて便箋に向き直り、シャープペンを握り直す。

二十歳になった自分への手紙ってなかなか難題だったけど、親への感謝の手紙ってのも難しい。だいたいお父さんやお母さんに向けてありがとうなんて恥ずかしすぎる。口で言うのが照れ臭いからこそ手紙にしようってことなんだろうけど、文字にしたってやっぱり照れ臭い。

『お父さん　お母さんへ
　いつもわたしと春海のためにお仕事や家のことをがんばってくれて、ありがとうございます。

　ふたりが支えてくれるからこそ、わたしも春海も毎日元気に学校へ、幼稚園へ行けるんだと思います。

　春からわたしは中学生になります。これからもきっと迷惑や心配をかけるんだろうけれど、よろしくお願いします。

　大人になったら立派な学校の先生になって、お父さんとお母さんにいっぱい親孝行をしたいと思います』

　そこまで書いて消しゴムで全部消して、またシャープペン片手に頬杖をついた。

　こんなの、すごく嘘っぽいし自分の手紙じゃないみたい。別に、親のことを嫌いなわけじゃない。そりゃ思春期と言われる年齢だから、ちょっぴり反抗期でもあるから、親のことをウザいと思うことはあるけれど、ウザい、と嫌い、は全然違う。

　だからって家族を大事に思ったり、産んで育ててくれたことに全力で感謝できるほどわたしの心はまだ成長していない。あっくんの言うとおりだ。感謝って強制されてするものじゃない。

だいいち、先生になって親孝行したいなんておかしい。将来先生になりたいって思ったのは初めて好きになった人が先生だから。ただ、それだけ。実際に先生になるってどういうことなのか、全然知らない。いつか自分が大人になるだなんてそんなのまだまだ夢の世界のことみたいなのに、ちゃんとした将来の目標が思い描けるわけない。そんな夢物語のようなことを親への手紙にも入れこんじゃうなんて、絶対間違ってる。

悩んでいるわたしをよそに、クラスメートたちは次々に手紙を完成させ、隣の子と書き上げた手紙を読みあったり、おしゃべりしたりしている。時計の針は刻一刻と三時に近づき、まもなく六時間目が終わりそうだ。

「悠海は手紙書けたー?」

前の席に座っている彩希子が上体をひねって声をかけてきた。机の上をちらりと見ると、便箋の上に細かい字が行儀よくぎっしり並んでいる。

「まだ。どうしよう、全然書けない」

「えー、早くしないと六時間目終わっちゃうよ? さっさと書いちゃいなよ」

「うーん、そうしたいんだけど」

彩希子の肩越しに、彩希子の前の席に座るあっくんが見えた。あっくんは強張った顔でじっと窓の外を見つめていた。

朝の一件以降、あっくんとは話していない。あっくんはいつもどおり昼休みにかずくんたちとサッカーをしていて、その笑顔は昨日と同じに見えたけれど、今のあっくんはすごく難しいことを考えているようだ。平気なふりをしてはいても、やっぱり平気じゃないのかもしれない。今だって今朝のおばあちゃんとの喧嘩を、思いだしているのかもしれない。

帰りの会が終わったら、もう一度あっくんに話しかけてみよう。朝は喧嘩して怒鳴って興奮してたけど、今なら冷静になって話してくれるはずだ、きっと。

手もとに目を戻して空白の便箋にシャープペンの先っぽを当てた時、机がぐにゃりと歪(ゆが)んだ。机だけじゃなくてシャープペンを握る自分の手も、紬とお揃いのｄｅｄｅｎｄのペンケースも、一斉にぐにゃっとなった。

地震だ、と気づいて顔を上げると、黒板が揺れていた。窓がカタカタと鳴っていた。

前から地震はよく起こってたから、いつもの揺れだな、ぐらいにしか思わなかった。

再び便箋に目を落とした時、視界がどっと揺さぶられた。

「地震……？」

そう言った声が自分のものなのか他の誰かのものだったのかわからない。

右に左に、空気がせわしなく動き、足が床から滑り落ちそうになる。窓がカタカタからガチャガチャガチャ!! と不穏な呻き声に変わった。何か物が落ちるどさりという音がした。彩希子がきゃっと甲高い悲鳴を上げた。別の女子も悲鳴を上げる。

「机の下に隠れて!!」

武石先生が叱る時よりも鋭い声を上げた。机の下は全然、安全じゃなかった。両手で机の脚を握っていても未だかつて経験したことのない激しい揺れが容赦なく襲ってきて、恐怖に心臓を鷲掴みにされる。金魚の入っている水槽が倒れたのか、ガチャンとひと際派手な音がして息が止まりそうになった。

天井が落ちてきたらどうしよう。窓ガラスが割れたらどうしよう。床が崩れたらどうしよう。どうしようはきりがない。

やっと終わったか、と思ったらまた激しい揺れが来る。たっぷり数分間地震が続いたあと、みんなおそるおそる机の下から顔を出した。普段気の強い彩希子が泣いていた。愛瑠も泣いていた。停電したらしく、電気がないと昼間でも学校ってこんなに暗いんだ、と思った。

「みんな落ちつくんだ! 落ちついて防災頭巾を被って!」

そう言う武石先生の声も興奮に上ずっていた。テレビの電源を何度もカチャカチャやるけれど、停電のせいでつかない。職員室へ行くんだろう、いつもは廊下を走るなと怒るのに駆け足で教室を飛びだしていく。

「悠海、どうしよう。ママと連絡がつかないの」

涙目の愛瑠がパールピンクの携帯電話を耳に当てながら話しかけてきた。わたしがあんなに欲しがっていた携帯は、いざという時に誰にもつながらなかった。

「きっと、みんなが一斉に電話して、回線がパンクしちゃってるんだよ。絶対無事だから大丈夫だって」

「うちのママね、街のスーパーで働いてるの。高い棚からものが落っこちてきて、怪我してるかもしれない。ひょっとしたら死んじゃったかも」

「落ちついてよ愛瑠、死ぬなんて、そんなことないよ。大丈夫だから」

大丈夫。絶対大丈夫。神様でもないのに、なんでそんなことをこんなに強く言えるのかと、自分でも疑問に思う。でもその時のわたしは愛瑠にではなく誰にでもなく、自分自身に大丈夫、絶対大丈夫って言っていたんだ。目に涙をいっぱい浮かべている愛瑠を見ていると自分が大丈夫って言わなきゃと思って、そのことにすごく救われた。

慌てふためいている人を目の前にすると冷静になろうとする心がうまく働くのか、誰にもつながらない愛瑠の携帯を見ていたらひらめきが頭の真ん中でスパークした。

「ねぇ愛瑠、その携帯ってテレビ観(み)られる？」

「テレビって、ワンセグのこと？」

「そう。それでニュース、観られるんじゃないの？」

愛瑠がふっと涙を止め、携帯を操ってワンセグの画面にした。ヘルメットを被ったアナウンサーが切迫した声でニュースを読み上げる。画面の端には点滅する線でぐりと囲まれた日本列島。ちょうど東北、わたしたちのいるあたりが真っ赤だ。

『午後二時四十六分、宮城県沖を震源とする非常に強い地震が発生しました。津波の恐れがあります。沿岸部のほうはすぐに高いところへ避難してください』

アナウンサーは同じことを何度も繰り返す。宮城県沖、地震、津波のおそれ――。

携帯を握る愛瑠の手が小刻みに震えていた。

「ねぇ、愛瑠、津波って……」

「沿岸部って、海に近いところ、って意味だよね……？」

海とこの小学校は七〇〇メートルしか離れていない。

すぐに快司くんとしゅんくんもワンセグでテレビが観れることを発見し、教室の中には携帯を囲むいくつかの集まりができた。津波が来る、という情報が小学六年生たちの間にざわざわ広がっていく。防災訓練の時には屋上に避難したあと、校長先生からこのあたりには津波が来る恐れがあります、という話が必ずあるので、みんな津波というものの存在は知っていた。でも実際に津波が来ると言われても、誰もが半信半疑だった。まだ狼が来る、と言われたほうが素直に信じたかもしれない。

「大丈夫だよ、どうせ津波なんて十センチとか、そんなもんだって」

すっかりパニックに陥って泣いている彩希子と愛瑠に向かって、快司くんが言った。乙女の次に背が高い大きな身体が、こんな時のせいか頼もしく見えた。

「たとえ大したことない津波でも情報を流さないと、テレビ局が困るんだよ。もし本当に津波が来た時、ちゃんと伝えなかったって責められるからな。大したことないものを大げさに伝える分には、責められないから」

「でも、めちゃくちゃ大きな地震だったじゃない！　震源地だってここのすぐ近くだっていうし！」

彩希子が泣きながら怒るけど、快司くんはちっとも怯まない。

「何十メートルもの津波なんてそうそう来るわけないだろ、たとえでかい津波が来たってここなら安全だよ、四階なんだから」

「たったの四階だよ!?　学校ごと津波に飲みこまれたらどうするのよっ!!」

「だからそんなでかい津波なんて来るわけないってば」

「おーい、みんな聞けーっ」

武石先生が教室に入ってきて、大好きなジャス姿にちょっとホッとした。それでも耳の中ではまだ、学校ごと津波に飲みこまれたらどうするのよっ、という彩希子の張りつめた声がリフレインしていた。

そんなことが起こったら、死ぬかもしれない。死、なんて自分にはずっと関係ないことだと思っていたものが、突然目の前にドーンと現れて、心が恐怖色に染まっていく。

「今から地域の人が学校に避難してくるから、三階の教室を開放します。子どもは四階に固まるから、五年生がこの教室に避難してくるので場所をあけるように。あと、お父さんお母さんが迎えに来た人は引き渡しをします」

「先生、ほんとに津波なんて来るんですかっ!?」

今にも張り裂けそうな涙声で彩希子が聞いた。先生はその切羽詰まった響きに喉もとを抑えつけられたように、一瞬だけ黙ったあと、自分もみんなも落ちつかせるような低い声で言った。

「津波の警報が出ています。本当に津波が来るかどうかまだわからないけれど、来てもおかしくない。絶対に教室から出るんじゃないぞ!」

先生がまた職員室へ行ってしまって、彩希子がわっと顔を押さえて泣き崩れた。まもなく五年生が教室に入ってくる。半分以上の子が泣いていた。暗い教室の中でわたしたちはひどく心細く、みんなと一緒にいるのにいきなりひとりぼっちにされたみたいだった。ようやく頭が現実に追いついてきた。

今、大変なことが起こっているんだ。本当にこれから死ぬかもしれないんだ。わたしが。彩希子が。愛瑠が。乙女が。美宇が。あっくんが。かずくんが。こうくんが。しゅんくんが。としくんが。ひょっとしたら、武石先生までも。

そこで、初めて紬のことを思いだした。風邪で学校を休んでいる紬は、家にいるはず。わたしたちの家は沿岸部から比較的離れているけれど、もしあそこまで津波が来たら？　紬がここにいないという不安で目の前が真っ暗になる。

「どうしよう。俺も親に連絡がつかない。父さんも母さんも電話に出ないんだ」

将来の夢に『ゲームクリエイター』と書いたしゅんくんがぽろぽろ泣いていた。学級委員のこうくんがすかさず横からその頭をはたく。

「男が泣くなよ！　快司も愛瑠も親に連絡つかないんだぞ！　お前だけじゃないんだ！」

「そうだよ、それに津波は来るかもしれないってだけで、来るって決まったわけじゃない」

クラスでいちばんしっかり者のとしくんが落ちついた声で言った。眼鏡の奥の目がこんな時でもまったく動じていない。この人、きっと中学では生徒会長になる。このまま全員無事に中学生になれれば、の話だけど。

縁起でもないことを思いついてしまった自分に気がついて、いやな想像を振り払うようにひとりでぶんぶん、首を振った。

「俺のじいちゃん、寝たきりなんだ、動けないんだ。津波が来るって言っても、きっと逃げられない」

「おじいちゃん、家にひとりなの？」

としくんに似た静かな声が出た。しゅんくんが不思議そうにわたしを見た。

「いや、母さんがいるけど」

「だったら、お母さんが逃がしてくれるよ！　きっと大丈夫だよ！」

「なんでそんなことお前にわかるんだよっ」

しゅんくんが掴みかかってきた。不意打ちでセーターの首もとを引っ張られ、地震とは別の種類の恐怖に全身を縛られる。しゅんくんは身体は小さくて身長はあっくんと同じくらいしかないのに、襲ってくる力はしっかり男の子だった。

「落ちつけ！　俊平！」

「しゅんくん、やめてっ！」

「おい、こんな時に何やってるんだ！」

先生の怒鳴り声がして、しゅんくんがやっとセーターを離してくれた。先生の顔は真っ赤に上気していて、それは怒ってるわけじゃないはずで、先生も冷静に振る舞ってるだけで本当は冷静じゃないんだと思った。

「悠海、お母さんと妹さんが来てるぞ」

お母さん、と言われて弾かれたように走った。お母さんと春海がいる、三階の教室へ。

お母さんはわたしを見た途端抱きしめてきた。そんなことをされたのは初めてで、身体が硬直してしまって言葉は喉もとでつっかえて出てこない。お母さんは白いエプロンの上にダウンジャケットを羽織っていた。まさに着のみ着のまま避難してきた、という感じだった。

「悠海、ごめんね、遅くなって。春海を幼稚園に迎えに行って、そのあとになっちゃったから」

お母さんの声が涙でかすれていた。お母さんが泣くところを見たのは初めてだった。お母さんも、人の親でも、泣くことがあるんだというあたりまえのことを知った。

「お父さんは？」

「街へ仕入れに行ってるところ。連絡、つかないの。何度も電話してるんだけどね」

「それって……」

瞬間、お父さんのいろいろな顔が頭をよぎる。店のカウンターの中からお客さんに声をかけるやさしい顔。春海と喧嘩したわたしを怒った顔。店の手伝いをしてありがとうと笑って言った顔。

「海から離れたところにいるはずだから大丈夫よ」

「大丈夫って、津波が来ないってだけでしょ？　上から落ちて来たものにぶつかったりとかしてるかもしれない」

「今は大丈夫って信じるのよ、悠海。そうじゃないと……」

わたしの両肩に置かれたお母さんの手が震えていた。わたしが思いつくことぐらいお母さんはとっくに考えていて、わたしの何十倍も何百倍も不安なんだ。頼りなく震える荒れた手のひらが苦しいほど愛しくて、励ましてあげなければと強く思って、そっと自分の手を重ねた。

「わかった。信じる」

「ねぇ。津波、いつ来るの？」

右手にわたし、左手にお母さんのスカートを引っ張って春海が言う。おそらく春海は津波の存在を知ってはいても、それがどんなものだかまったく理解していない。ただでさえ突然の大地震に襲われて、たった六歳には何がなんだかわからなくて、周りの慌てる大人たちを見て不安になっているんだろう。つぶらなふたつの丸い目が恐ろしげに揺れていた。

「津波が来ても、ここは安全よ。この学校は指定の避難場所だから」

お母さんの声を聞きながら地域の人が集まっている教室の中を見渡した。条件反射的に紬を捜していた。昼間だからか、あたりにいるのはお年寄りが多い。子どもがいたら目立つだろうけれど、紬の姿はなかった。一緒に家にいるはずの紬のお母さんも。

「ねぇ、紬は!? 見かけなかった!?」

叫びながらお母さんの両腕を掴んでいた。お母さんははっとした顔をして教室じゅうを見渡したあと、残念そうに首を振った。

「いないわね。ここに来る途中も、会わなかった」

「嘘……そんな……じゃあ、紬は……!」

「悠海、落ちついて。紬ちゃんたちはきっと車で避難してるわ、まだ来てないだけでもう少しでここに来るわよ」

お母さんの言葉を耳半分に入れて窓に走った。校庭にいる人たちの中から紬と紬のお母さんを捜すけど、見つからない。車が停まっている場所にも紬の家の青いセダンはない。紬がここにいない。その事実だけで心臓が不穏に鳴りだす。

「ねぇ、携帯で紬のお母さんに電話してよ! 紬が無事かどうか、早く確かめてっ!」

「携帯はつながらないわ。心配しなくてもきっと、そのうち学校に来るわよ」

「そんなのわかんないよ! わたし、ちょっと紬の家まで走って見てくる!」

「やめなさい!!」

ものすごい形相で手を掴まれ、我に返った。お母さんの目からいったんは止まっていた涙がまたぼろぼろと溢れて頬を濡らす。停電で暖房が消えていて教室の中は寒いのに、お母さんの手は火に触れているかのように熱かった。

「そんなことをして、津波が来たらどうするの！　せっかくお母さんと会えたのに、また離れるなんて絶対に駄目！」

「でも……でも、紬が……」

「紬、見つからないのか？」

耳になじんだ声がわたしを少し冷静にする。振り返るとあっくんと、あっくんのお母さんが並んで立っていた。ふたりともまるで血の気のない、青白い顔をしていた。

「うちもばあちゃんが見つからないんだ。いつもみたいに気がついたらふらっといなくなって、地震が起きて、慌てて捜しに行ったけど見つからないんだって……」

あっくんのお母さんは目が真っ赤だった。そっと後ろから抱きしめる腕を、あっくんはやめろよ恥ずかしいと振り払わない。

「俺のせいだ」

あっくんが今にも涙で弾けそうな声を出した。

「俺が喧嘩したから。俺がばあちゃんを追い詰めたから、ばあちゃん、いなくなったんだ。俺が怒鳴ったりしなければ……」

「そんなことないのよ篤樹、自分を責めないで。お母さんも、ごめんね……おばあちゃんのこと見つけられなくて……」

泣きだすあっくんのお母さんを、自分だって泣きたいのにあっくんは慰めようとする。

「いいよ。もう津波が来るから、本当に危ないからって、とにかく逃げないといけなかったんだろ？」

「津波、来てるの？」

まさにそう聞いた時、教頭先生が教室に入ってきた。武石先生と同じ、真っ赤な顔だ。

「津波が来ているので、これから屋上へ逃げます。少しでも高いところへ避難しましょう」

途端に教室がざわめく。誰かがわっと泣きだし、別の誰かがそんな、と震える声を上げる。春海がわたしのスカートの端をぎゅっと掴んだ。

本当に来るんだ。津波。

わたしたち、いったいこれからどうなってしまうんだろう。

絶望が、つま先から頭のてっぺんまで、突き抜けた。

曇り空に閉ざされた空の下、普段は来ることのない屋上はただただ寒かった。慌てていて、ランドセルもコートも教室に忘れてきてしまったことに気づいた。地区会長の山渕さんが「皆さん落ちついて。ゆっくり歩いてください」とお年寄りとは思えないしゃんと背中が伸びた身体で避難誘導をしている。海のほうに目を向けると、まさに昨日紬に『卒業式に告白する』と打ち明けられた神社のあたりが、白砂を守るように屹立していた松林が、崩れていくところだった。

つーなーみーだーっ、と誰かが世界の終わりのような叫び声を上げた。

それは今まで見たことのない、考えられない海の姿だった。

言うならば、海のお化け。

水煙と土煙を上げながら、重油のように真っ黒い塊がぺろりと町を飲みこんでいく。家、車、自転車、バイク、軽トラ、船、電柱、標識、木、フェンス、ガードレール、屋根瓦、犬小屋、ベビーカー、物干し竿、看板、箪笥……。

校舎の外をあらゆるものが流れていった。信じられない光景が、しばらく喉からあらゆる言葉を奪っていた。

感覚のない手で、お母さんのダウンジャケットの腕をぎゅっと握った。お母さんは手を握って、肩を抱いて、抱きしめてきた。

「人だ!!　人が流れてる!!」

あっくんが叫んだ。その言葉の意味を飲みこむまでに、数秒がかかった。

「どこっ!?　どこに人がいるの!?」

「あの赤い車だよ！　中に人が乗ってる！　まだ生きてる！　動いてる!!」

あっくんが指さす赤い車の中に確かに黒く動くものが見えた。車はやがて津波に飲まれて見えなくなって、それきりあっくんは何もしゃべらなかった。

それからも何人もわたしは溺れていく人を見た。瓦礫（がれき）に必死で掴まっていた人。流される家の屋根の上からこっちに手を振っていた人。小さな子どもを抱えながら泳いでいた人。

ひとりも、助けられなかった。

ただのひとりも。

やがて真っ黒い波が止まり、白砂小学校はまるで海の中にぽつんと浮いた学校の形の島みたいになった。外は雪が降っていた。何もこんな時に降らなくてもいいのに。雪さえ恨めしく、コートを着ていない身体は寒空の下で冷えきっていた。

「お母さん、コートを取りに教室、戻っていい？」

「俺もコート取りに行きたい」

お母さんが疲れきった顔をこちらに向ける。あまりにもショッキングすぎる光景がお母さんから気力を奪っていた。このほんの数十分の間で、一気に五歳ぐらい老けてしまったように見えた。

「いいわよ、寒いからね」

「行くぞ、悠海」

駆け足で半歩前を歩くあっくんに続く。斜め後ろから見るあっくんの横顔は引きつっていた。何も言ってあげられなかった。あっくんのおばあちゃん、きっと大丈夫だよ。安全なところに避難してるよ。そう言うのは簡単だったけど、それはわたしが言いたい言葉で、あっくんが今望んでいる言葉じゃない。教室でしゅんくんに掴まれたセーターの首もとに、まだ力を感じる。

「ピコ。ごめんねピコ……」

教室に戻ると愛瑠が泣いていた。乙女と美宇が一生懸命慰めているけれど、涙はあとからあとからぼろぼろ流れて頬を濡らす。ピコ、というのは三カ月前から愛瑠が飼っているハムスターの名前だ。愛瑠の家に遊びに行った時、見せてもらった。ピコは愛瑠によく懐いて、手のひらの上に乗ってひまわりの種を器用に小さな手で剥いてみせ、カリカリと美味しそうな音を立てて齧(かじ)っていた。

「わたしがピコを見殺しにしたんだ……ピコ、ごめん……」

ピコに謝り続ける愛瑠を見つめながら、津波に流されていった大切なものを思い浮かべた。生き物じゃないけれど、わたしの家にも失いたくないものがたくさんあった。お気に入りのぬいぐるみ。大好きなマンガ。来月から通う中学校の制服。

「快司、こんな時に何撮ってるのよ」

ひとりベランダに出て校舎の二階まで浸した津波を撮っている快司くんを、濡れた目で彩希子が睨みつけて言った。勢いをなくした真っ黒い波がぶにぶにと不気味に水面を揺らし、家の屋根を浮かばせていた。ぱしゃり、ぱしゃりと携帯カメラのシャッター音が静かな教室に響いていた。

「面白半分で撮ってるんじゃない。俺は将来カメラマンになるんだ。この写真を俺の初めての仕事にするんだ」

快司くんはそう言って、まっすぐな視線を陸に広がった海に向けた。その瞳に宿る固い決意に圧倒された。

同じ小学校六年生でも快司くんはわたしよりずっと大人なんだ。こんなひどい状況でも自分のやることを見つけ、行動している。

わたしも強くなろう。泣いたり絶望したりするんじゃなくて、希望を拾って前を向こう。お母さんや春海や、落ちこんでいる友だちを元気づけよう。

「皆さん、聞いてください」

校長先生が教室に入ってきて黒板の前に立った。片手に黄色いハンドマイクを握っている。泣いている子も、しゃべっていた子も、窓の外を見て興奮して大声を出していた子も、みんな校長先生のほうを向いた。

「これからヘリコプターでの救助が始まります。フェンスがあるので、屋上にヘリコプターを止めることできません。なのでホバリングという方法で、ひとりずつ吊り上げて救助していきます」

「吊り上げるって……何それ怖い」

絶叫マシーンが苦手な彩希子が真っ青になって言った。校長先生の話は続く。

「まずは学校に行ってない子から、次に一年生、二年生と、小さい人から順番に救助していきます。みんなは五年生と六年生なので、いちばん最後になります。廊下に並んで、順番を待ってください。児童のみんなが乗ったあと、大人が救助されます」

教室の中がざわついた。ヘリコプターでの救助ってどれくらい時間がかかるんだろう。一番最後になるってことは、いつまでここにいなきゃいけないんだろうか。

「六年生は何時間後ぐらいにヘリコプターに乗れるんですか」

学級委員らしくこうくんが手を挙げてはきはきと質問した。校長先生が一瞬言葉に詰まった。

「ヘリコプターはここと霞目駐屯地を往復します。救助にどれくらい時間がかかるか、始まってみないとわかりません。必ず順番は来るので、待ってください」

「もういや」

すぐ隣で彩希子がつぶやいた。誰にも聞こえないように言ったつもりだろうけど、わたしの耳には聞こえていた。

「家に帰りたい……」

「彩希子」

震える彩希子の肩に黙って手を伸ばした。そうすると彩希子はいっそう激しく震えて泣きだした。

こんなのいやだ、もう家に帰りたい。誰もがそう思っていたはずだ。わたしだってそう。でも、どんなに願っても状況は変わらない。

彩希子の隣でわたしもつらいし、泣きたかった。でも涙が込み上げてくる目をぎゅっと手の甲でこすった。強くなるんだ。もう一度自分に言い聞かせる。

「高学年の皆さんは、低学年の子の面倒を見ていてください」

マイクを通す校長先生の声が、かすかに震えていた。誰も応えなかった。

「わかりましたか」

「はいっ」

今度こそ、みんなが言った。泣いている彩希子がいちばん大きな声を出していた。ハンドマイクを握った校長先生が、涙を呑むような顔をした。

やがて学校の上空にヘリコプターが到着する。ばりばりと三月の冷たい空気をかき回すプロペラの音が唸(うな)り、その乱暴な響きに臆するように春海が右手にお母さんのダウンジャケット、左手にわたしのピーコートの裾をぎゅっと握っていた。幼稚園児の春海はいちばん最初にヘリに乗る。

「お母さんと離れ離れになるの？」

「大丈夫よ、春海のすぐあとでお母さんもヘリに乗るからね」

そう言ってお母さんは春海をぎゅっと抱きしめた。そして春海の小さな身体が上空に引き上げられ、遠ざかっていく。離れていく屋上を恐ろしげに見つめる春海を励ますように、お母さんとふたりで一生懸命手を振った。

春海は泣きだすこともなく無事救助をされ、次はお母さんの番だ。

「じゃあ悠海、先に行ってるね」

「行ってらっしゃい」

お母さんは学校で再会した時みたいに、もう一度わたしのことを思いきり抱きしめたあと、ヘリに引き上げられていった。

救助は遅々として進まなかった。学校と駐屯地を何度も往復し、しかも一回に救助できる人数はたったの四人だ。

まもなく日が暮れ、電気のない学校に本当の真っ暗闇が訪れる。夜の到来とともに本格的な寒さがやってきて、廊下にずらっと並んだ小学生たちは震えながら救助の順番を待った。暗幕や卒業式に使う紅白幕を身体に巻いて、少しはましになったけど、それでも寒いしお腹は減るし、心細いしで仕方ない。窓からは火事の様子が見えて、真っ黒い闇に広がる地獄の猛火のような光景に、この先いったい自分たちの街はどうなってしまうのかと不安を覚えた。

それでも、わたしやあっくんみたいに、親に会えた人はまだいい。でも他の子はみんな家族と連絡が取れていなかった。愛瑠の携帯の充電はすぐになくなって、ワンセグも観られなくなった。

「ねぇ、星！　星が出てるよ！」

夜が更けてそれでも誰ひとり眠れず、次第におしゃべりする気力さえ失いかけていた頃、としくんが言った。みんなで廊下の窓に寄り、空を見上げた。電気がなくなった仙台の夜空に、ダイヤモンドをちりばめたみたいな驚くほどたくさんの星と少し太った三日月が浮かんでいた。それは心がじんじんと沸騰するような美しさだった。

こんなに綺麗な夜空を見たのは、生まれて初めてだ。

「あ、流れ星」

美宇が言った。どこどこ!?　と乙女が声を重ねる。まるで地震なんて起きてなくて、みんなで平和な空の下、理科の課外学習で星空観察をしているような気がした。

「お願いしようぜ、お願い」

かずくんが興奮にのぼせた声で言った。流れ星が消える前に三回願いを言うと叶う。誰もが聞いたことのある、子どもっぽいおまじない。だいたい流れ星が流れるまでに三回も願い事を言うなんて、無理に決まってる。流れ星なんて、見つけた！　と言った時にはすでに空の端に消えてしまってるものだから。

　それでもみんな、手を合わせた。わたしも手を合わせた。

　どうか紬が無事でいますように。三回念じて目を開けると、呼吸が止まりそうなほど綺麗な星空が心の襞（ひだ）に染みわたっていった。


　その願いは、叶わなかった。

　紬は津波に呑まれて亡くなった。

　避難する途中だったんだろう、親子ふたりは瓦礫の中で発見された。紬のお母さんは紬をぎゅっと抱きしめていて、互いをかばいあうようにして亡くなっていた。

　親子を引きはがすには、大人ふたりの手が必要だったという。

第三章　いずい東京で、奇跡は起こる

その日から、ひと月半後。

東京はいずい。

いずいというのは仙台弁のひとつで、標準語に直すとしっくりこないとか、居心地が悪いとか、そんなニュアンスなんだけど、この三文字に込められた意味はそんな単純なものではなくて、うまく説明できないのがどうにもいずい。

とにかくわたしにとっての東京は、いずい、のひとことに尽きる。

だって、だだっ広い道路は車がびゅんびゅん走っていて、ビルや電線に邪魔された空は狭くて、そして学校は大きすぎる。人が多すぎる。

転校も引っ越しも経験したことがないから、慣れない土地に住んで知らない人だらけの学校に通うなんて初めての経験で、仲よくなった文香(ふみか)やエリナには申し訳ないけれど仙台に帰りたい、と一日に十回ぐらい思った。仙台に戻ったところで故郷は跡形もなく津波に流され、家はない。でも、道路が地割れだらけでライフラインが未だ寸断されたままで街が戦争のあとみたいになっていても、わたしは東京よりも仙台がいい。思えば、避難所での暮らしは食べ物は満足に食べられないし毎日お風呂に入れないし、不便だらけだったけど、見知った友だちがすぐそばにいた。それがどれだけ素敵なことだったのかと、東京に来て初めて思う。

今、わたしを取り巻くのは他人だらけだ。他人たちはわたしとは微妙に、でも全然違うイントネーションで言葉を操るから、わたしの言葉が『仙台弁』であることをいやでも思い知らされる。もともとおしゃべりなほうではないけれど、わたしはより一層、無口になった。自分の『仙台弁』が恥ずかしかった。

「悠海はもう楽器決めた？」

吹奏楽部の朝練のあと、教室へ向かって廊下を歩きながら隣で文香が言う。

家がなくなってしまったわたしたちを見かねて、お母さんのお兄さん、つまり伯父さんが東京に来て一緒に住まないかと言ってくれて、つまり今のわたしは居候の身。部活なんてお金のかかることをしてお母さんに迷惑をかけたくなかった。部活に入らないのかと尋ねられてそう言うと、お母さんは怒ったように顔を険しくさせて、でもやさしい声で言ってくれた。

「子どもはそんなこと気にしないで、好きなことやりなさい。悠海が好きなことをして元気に暮らしているのが、お母さんにとっていちばんの励みになるのよ」

吹奏楽部は、紬と一緒に中学になったら入ろうね、と約束していた部だった。そんなことはもちろん誰にも、今隣で水玉のシュシュでくくったポニーテールを揺らしている文香にも言っていない。

「フルートにしたいな、って思ってる」

フルートも紬と一緒にやろうねって話してた楽器だ。銀色にキラキラ光るフルートを恰好よく構えてみたかった。早く中学生になりたいねって、紬と笑いながら話していたのはついひと月半前のこと。

「フルートかぁ！　悠海、似合うかもねー」

文香がそう言って目を輝かせる。文香は元気がよくて、おしゃれが大好きで、大きな声でよくしゃべる。東京に引っ越すことが決まった時、東京の子ってどんな感じかなぁ、と想像していたそのままのような子だ。

「文香は何やりたいの？」

「あたしはサックス。いちばん恰好よくない？」

なんて、サックスを構えるまねをしてみる。まだ持ったこともない楽器なのに、妙に様になっていた。

「吹奏楽部って最初は腹筋や腹式呼吸の練習ばっかりなんだよねぇ。仕方ないってわかってるけど、いやになっちゃう。あー早く楽器やりたいなぁ」

足を動かすごとに合わせて揺れるポニーテールの束と活発な性格を隠さない明るい

横顔を見つめながら、わたしの顔は表面だけで笑いを作っていた。東京に来てから本物の感情を押し殺して、ただ黙って笑うことだけが増えた。

文香はいい子だ。明るくて元気で、一緒にいるだけでエネルギーを分けてもらえるような気分になる。

でもわたしは紬と一緒に吹奏楽、やりたかった。

文香に対してすごく申し訳ないけれど、こんなことをどうしても思ってしまう。


津波で家と店を失ったわたしたち家族にとって、このひと月半はすごく月並みな言い方をすると、嵐のようだった。雷が空を切り裂き矢のような雨が大地を海に変え、風が唸り声を上げる、大嵐だった。

地震の次の日にお父さんと再会し、避難所での生活が始まって一週間後、家を見に行った。家は基礎だけが残されてごっそり津波に流され、ヘドロの臭いに包まれていた。ランドセルがなくなってしまったと言って春海が泣き、春海を抱きしめてお母さんも泣いた。

地震の二週間後に卒業式があり、その次の日にわたしたち家族は東京へ行った。お風呂はない、洗濯ひとつ満足にできない、トイレは仮設トイレ。そんな避難所暮らしを見かねて、伯父さんがしばらく東京にある自分の家に来ないかと言ってくれたのだ。

伯父さんにはわたしよりひと回り以上年上の息子、つまり従兄がふたりいて、今はふたりとも家を出てるから部屋がふたつあいていた。そのふたつの部屋が、四人家族の仮の家になった。もう中学生だからとわたしには部屋がひとつ与えられたけれど、知らない少年マンガが大量に詰まった本棚や他人のにおいが残る布団は住み慣れた自分の部屋を永遠に失ってしまった悲しみを生々しく突きつけてくる。

知らない人がすぐ隣にいる避難所で周りの目を気にしながらこそこそ着替えなくてもよくなっただけ感謝すべきなんだろうけれど、電気も水もガスも通ってて、あたたかいご飯を三食食べられる。そんなあたりまえの日常が戻ってきて、すべてを失くした悲しみがよりいっそうくっきりとリアルになった。毎日が非日常だった避難所での暮らしは、悲しみさえもどこか非現実的だったんだ。

「悠海、春海。お父さん、仕事決まったんだ。明日から働き始めるよ」

わたしたち家族プラス伯父さんと伯母さんの六人で囲む夕食の席で、お父さんがわたしと春海のほうを見て発表した。何もかもなくなってしまった家の前で泣くお母さんと春海を大きな手で何度も撫で回し励ましていたお父さんは、地震が起きてから誰よりも明るく振る舞っていた。家族を元気づけようと、必死だったんだと思う。

「なんの仕事?」

「宅配便の集荷センターだよ、荷物を仕分けしたり運んだりするんだ」

「パン作りと全然関係ないんだね」

「こんな時なんだ、自分の好きな仕事を選んでなんかいられないよ。でも、ずっとする仕事じゃない。お金を貯めたら仙台に戻って、また店を始めるよ」

また店を始めるんだ、とお父さんは避難所にいた頃からずっと言っていた。近所に愛され親しまれていた福田ベーカリーのパン。美味しいパンを通して、自分たちと同じように大切なものをたくさん失くしてしまった被災地のために、自分のできることをしたい、と。

避難所にいた時はさすがお父さんだな、立派だな、こんな時なのに大人ってすごいな、と素直に思っていた。でも今は、そんなお父さんの前向きさが、少しだけ心を揺らす。

「お、仙台のことやり始めたぞ」

伯父さんが言って、みんな視線をテレビ画面に合わす。ぽぽぽぽーん、と同じCMばかりが流れ、被災地のことをひたすら取り上げるテレビは気が滅入るばかりだけれど、仙台のニュースとなるとつい見てしまう。住み慣れた場所を離れてしまった今、仙台がどうなっているのか、家族みんなが気にしていた。

『森迫さんは地震の日、仙台市中心部の職場で働いていました。すぐに家にいるお母さんに携帯で電話をかけましたが通じず、津波が来るという情報を得てからはお母さんに逃げるように電話をしなければと、何度もかけましたが通じません。十三回目の電話でやっとつながった時、お母さんは「今から逃げるよ」と言いました。しかしあの日から約一カ月半が経った今でも、森迫さんのお母さんは行方不明のままです』

行方不明になった母を捜し、毎日家のあった場所を訪れる女の人のドキュメンタリーだった。わたしの家があった場所とそう遠くないところに住んでいる森迫さんの家は、一階だけを残し瓦礫の山と化していた。遺体が上がったと聞いて遺体安置所を訪れても、そこに大事な人の姿はない。カメラの前で涙をぬぐいながら、その人が言う。

『絶対無理だって頭ではわかっていても、心のどこかで信じてしまうんです。母はきっとどこかの避難所へたどりついて、怪我をしたり記憶喪失に陥っているかもしれないけれど、ちゃんと生きているんだって。この目で母の姿を見るまでは、死んだなんて信じられません』

「よかったわね。我が家は全員、命があって」

お母さんが言って、お父さんが隣でうなずく。お母さんのうっすら涙でふくらんだ目が、前よりも頬骨が目立つようになった顔が、その言葉が、ぶるぶる心を揺さぶる。

「家も店もなくなっちゃったけれど、こうして四人揃って新しい生活が始められて、本当によかった。もしお父さんや悠海や春海に何かあったら、お母さん、きっと気が変になってたわ。とてもこれからのことなんて、考えられなかった。でも今はすべて失って、ここからまた頑張ろうって心から思える。それってすごく、恵まれてることなのよね」

「何がなくても命があれば、だな。本当によかったよ、うちは」

「ちっともよくないよ」

震度7で心が揺れる。

言葉が勝手に唇から飛びだす。

わたしのとげとげした声にお父さんとお母さんがさっと顔色を変え、伯父さんと伯母さんが驚いた顔をこっちに向けた。あぁ、言っちゃった。我慢できなかった。一瞬の後悔のあと、せき止めていたものがどっと溢れだす。

「どうして助かってよかった、命があってよかった、そんなことが言えるの？　自分のことだけ見てよかった、なんてひどいよ。ちっともよくなんかないよ。紬、死んだんだよ。もうどこにもいないんだよ。二度と会えないんだよ。それなのによかったなんて、私はちっとも思えない……！」

「悠海。紬ちゃんが亡くなって、つらいのはわかるけどね」

お母さんが噛んで含めるように言う。やさしい言葉が泣き疲れてしぼんでしまった心にさらに棘を立てる。

「でもね、そろそろ少しずつ前を向かないと。いつまでも悲しんでいたって、紬ちゃん、喜ばないわよ」

「何それ。前なんて、向けないよ。紬が痛かったことや苦しかったことを忘れるのなんて、無理だよ！」

「違うの、そうじゃないの。何も、忘れろなんて、そんなことは」

「もういい。ごちそうさま」

食べかけのご飯を残して逃げるように席を立ち、自分の部屋にこもる。ベッドに顔を押しつけて、声を殺して泣いた。紬が死んだことを知ったあの時ぼろぼろ泣いて、その後もひとりになった時は随分泣いたのに、まだわたしの中には流すべき涙がたくさん残っていた。

お母さんの言うことが正しいんだって、頭ではわかってる。復興がんばろう。がんばろう日本。立ちあがれ、希望、前を向こう、絆。テレビから流れてくるそういう言葉たちに、励まされる人はたくさんいるんだろう。でもわたしはその言葉を素直に受け止められない。故郷をなくして、家をなくして、何より紬を亡くした。だって、紬は津波に飲まれて文字どおり死ぬ思いをしてこの世から消えたのに、そんな紬のことを過去に置いてひとりで先へ行くなんて、とてもいけないことのような気がする。

なんでみんな笑えるんだろう。

なんで空は晴れるんだろう。

なんで明日は来るんだろう。

もっと悲しむべきなんだ。泣いて泣いて泣いて、紬のそばにずっといてあげなきゃいけないんだ。

そうじゃなかったら、紬がかわいそうすぎる。

『悠海ちゃん』

耳の中で紬の声がする。悲しみでぐちゃぐちゃになった心が見せた幻だってわかっていても、その声にすがりたくなる。紬がここにいてくれたらいいのに。紬がわたしのそばで、本当にわたしの名前を呼んでくれてたらいいのに。

『悠海ちゃん』

幻聴は繰り返す。幻にしてはずいぶんはっきりした、まるで紬が隣にいるかのような声だった。地震が起こらなかったら、津波が来なかったら。わたしたち今も一緒にいられたのにね。ふたりで中学に通って、吹奏楽部に入って、フルート吹いてたりしたのにね。

『悠海ちゃん、ここだよ』

ぱっと顔を上げた。幻聴じゃない、とようやく気づいた。

「紬……?」

『悠海ちゃん、私、ここにいるよ』

部屋の中をぐるりと見渡す。真っ青なカーテンと同じ色のベッドカバー、わたしの身体に合わない学習机、壁には薬局の名前が入ったカレンダー。どこにも紬はいないのに、幻聴ははっきりとわたしに語りかける。

『悠海ちゃん、ここ』

「どこ⁉」

窓に寄ってカーテンを開けると夜の闇に包まれた庭が見えるだけで、紬はいない。

『そこじゃないよ、ここ』

「ここってどこ⁉」

『ここ。机の横』

机の横にはスクールバッグがかかっている。そのバッグにぶら下がっているのは、地震の前の日に紬がくれた、あのうさぎのぬいぐるみ。

「紬⁉」

もしかしての思いに駆られうさぎに向かって言うと、嬉しそうな声が返ってきた。

『そう、ここだよ、私、ここにいる』

「紬……」

バッグから紬を取り外して手のひらで包んだ。しゃべれるからって別に口が動くわけでもないし、体温はなくてあくまでただのぬいぐるみだ。でもこの中に紬の魂が入っているのだと、すぐにわかった。

まさかこんなことが起こるなんて。

信じられないけれど、考えるより先に理解していた。紬は今、ここにいる。わたしのところに戻ってきてくれたんだ。

『悠海ちゃん、びっくりした？』

「びっくりしたけど……でも、それ以上に嬉しい。これ、いったいどうなってるの？」

『見てのとおり。悠海ちゃんがずっと私のことを思っていてくれたから、私、戻ってこられたんだよ』

ぬいぐるみは表情ひとつ動かさないけれど、紬が笑ってるのがわかって、さっきとは違う味の涙がぽろんとひと粒頬を滑っていく。

『あはは。悠海ちゃんの泣き虫』

「泣き虫って言わないでよ」

あぁ、こんな言いあい、あの日の前の日もしたっけ。わたしは紬から見ればひどく泣き虫らしいし、そう言われるのがいやで、でもちょっと嬉しくて。いつのまにかわたしが泣くたびに、紬が泣き虫とからかうのが、恒例行事みたいになっていた。

「わたしね、ずっと紬に会いたかった。紬がいなくなって、すごく悲しかったし苦しかった。紬が死んだなんて、今でもまだどこかで信じられなくて。でも、本当に紬は生きてたんだね」

『うーん。これ、生きてるって言っていいのかな』

「わたしにとっては、生きてるのと同じだよ。紬、目は見えるの？」

『見えるよ。耳もちゃんと聞こえる。ぬいぐるみだから動けないけど。悠海ちゃんからしたら不気味だよね、表情ひとつ動かさないぬいぐるみがしゃべってるなんて』

「ううん、全然、不気味じゃない。どんな姿でも、紬が生きてくれてたら嬉しい」

そこまで言って、これはもしかして夢じゃないのかと気づいた。普通に考えたら紬が戻ってくるなんて、ぬいぐるみに魂が宿るなんて、ありえない。悲しみでおかしくなってしまった心が素敵な夢を見せてる、それだけかもしれない。頬を思いっきりつねった。痛くてぱっと手を離す。

紬がくくっと笑った。ひと月半前と変わらない、紬の笑い声だった。

『夢じゃないよ。悠海ちゃん』

朝練は朝の七時半から始まる。そのため、小学校の時より一時間も早く起きなきゃいけなかった。最初は目覚まし時計が鳴っても眠くて眠くて仕方なかったけど、一週間もすると慣れてきて、今は早起きがすっかり身についている。

「おはようございます」

まだ身体にしっくりこない制服を着てダイニングルームに出て、コーヒーを飲んでいる伯父さんと洗いものをしている伯母さんに朝の挨拶をする。リビングでお母さんが雨戸を開けている音がした。

「おはよう、悠海ちゃん。卵、目玉焼きでいい？　それともスクランブルエッグ？」

「目玉焼きで。ありがとうございます」

四人家族を厚意で受け入れてくれた伯父さんと伯母さんには感謝しかない。でも居候として気を遣わなきゃいけないのが、少し面倒臭い。仕方ないことだけれど。

「悠海、おはよう」

朝食の支度をしながらお母さんがおはようを言う。たったひと月半の間でお母さんはすっかり痩せてしまった。痩せたよりむしろ、やつれた、と言うべきなのかもしれない。しぼんだ頬には艶がなく、艶々だった黒髪にも白髪が混じっている。毎日の疲れが全身からにじみ出ているようだ。

「おはよう。お母さん、今日はパート早番なの？」

お母さんは東京に来てすぐ近所のコンビニエンスストアでパートを始めた。居候の身とはいえ、生活費はちゃんと払わなければならない。家も仕事を失って、東京で必死に働き口を探すお父さんとお母さんのために自分も何かしなきゃ、と何度も思ったけど、中学生はまだ働けない。何も家族の力になれないことが、少し悔しい。

「早番よ、なんで？」

「しっかりお化粧してるから。コンビニの仕事って、大変？」

「そりゃ、慣れるまではね。コンビニって簡単そうに見えて、チケットの支払いとか自賠責保険の払い込みとか、覚えることが結構多いし。でもこれぐらい、全然平気よ」

薄く笑ったあと、いつになく真剣な顔でわたしの目を覗きこんできた。

「悠海は、大丈夫？　学校でちゃんと友だちできてる？」

「わたしは全然、大丈夫！　学校、楽しいよ。東京の子たちもみんないい子だし」

「そう……」

安心したような戸惑ったような顔に、精一杯微笑んでみせる。

昨日の今日だ、わたしが打って変わって明るくなって、ちょっと変だって思ってるのかもしれない。だからといって夕べの発言を素直に謝るのも照れ臭く、せめて安心してもらえるようにと笑ってみせる。

「行ってきます」

まだ慣れない街は、紬と一緒に歩くと昨日よりワントーン明るく見えた。くすんだオレンジの屋根を被せた家も、立て看板が寄りかかった電柱も、なんの変哲もないただのブロック塀も、垢ぬけている。紬がいなくなって色を失った世界に、色が戻ってきた。

『家から学校まで、結構遠いんだね』

「そうでもないよ。十五分くらいかな？」

『東京っていったらもっと都会で、ビルとかいっぱい建ってるのかと思ったけど、ここらへんは静かだね』

「ビルがいっぱい建ってるのは都心だから。ここは東京でも結構、郊外のほう。といっても、何もかもが白砂より大きくてびっくりするけどね」

ポケットに入れていた紬を取りだし、歩きながら話す。こうしているとまるで紬と一緒に学校に行ってるみたい。白砂小を行き帰りした時と、まったく変わらないように思える。

夢みたいな出来事は夢じゃなくて、ひと晩経っても紬はぬいぐるみの中にいてくれた。朝目覚ましの音に目を覚ますと、学習机の上に置いた紬がおはよう、悠海ちゃんと語りかけてくれて、胸がはちきれんばかりに嬉しかった。

「桜、すっかり散っちゃったね」

二週間前まで淡いピンクの海が広がっていた並木道は、今は青々しい緑の葉っぱで埋め尽くされている。仙台の桜はもうすぐ見頃だ。桜と聞いてふと、地震の前日に聞いた校長先生のお話を思いだす。

『皆さんが二十歳になった八年後の春、この白砂小は百回目の誕生日を迎えます。その時にまたみんなでこの場所に集まり、一緒に百回目の桜を見ましょう』

「わたしたちの桜、流されちゃったね。学校は無事だったけど立派だった体育館めちゃくちゃになったし、家も、よくおつかいに行っていたお豆腐屋さんも、チョコ味が大好きだったケーキ屋さんも、全部なくなった。一瞬ですべてを失うなんて、そんな本やドラマか映画みたいなことって、本当にあるんだね」

紬は答えない。一瞬で失われてしまった、すべてのもの。その中に紬も入っているんだ。

「でもわたしは、すごく幸せだよ。紬が今もこうして、そばにいてくれるんだもん。家族や友だちを失った人たちは、二度と会えないんだよ。声も聞こえないんだよ」

『それは、悠海ちゃんが私をすごく大好きでいてくれたからだよ。私を忘れたくない、私と今も一緒にいたい。その気持ちがあるから、私たち、またこうしてふたりでいられる。悠海ちゃん、ありがとう』

「紬こそありがとう。戻ってきてくれて、嬉しいよ」

左手の中にぎゅっと紬を抱きしめた。

「なんかいいことあった？」

朝練のあと、文香と並んで歩く廊下でそう言われ、え、と変な声が出た。汗をびっしょりかいた運動部の男の子たちが大声で何かを話しながらすれ違っていく。

「え、なんで？」

「今日の悠海、やけに明るいからさ。もしかして好きな人でもできた？」

「好きな人なんて。そんな」

「じゃ、彼氏？」

「ちょ。好きな人もいないのに、彼氏なんてできるわけないよ！」

文香は恋バナをよくする。東京に来て驚いたことのひとつが、みんな恋バナが大好きだということだ。それも仙台にいた時みたいに、近所の高校生が恰好いいとか、このマンガに出てくるナントカくんが好きとか、嵐の誰々が好みだとか、そういうレベルの恋バナじゃない。文香は小学校の時彼氏がいたし、エリナなんて五年生の時にキスまで経験してる。東京の子たちは進んでるってイメージがあったけど、本当に進んでるから驚かされる。

「やーだ冗談だってば、もう！」

ばん、と勢いよくブラウスの背中を叩かれた。ちょっと痛い。

「ムキになんないでよー。でもよかった、元気みたいで」

ポニーテールを揺らして無邪気に笑う文香に曖昧に笑い返す。

明るいのは、元気なのは、昨日までと違ってひとりぼっちじゃないからだ。紬を制服のポケットに入れて、学校に来ているからだ。まさか死んだ友だちがぬいぐるみの姿で戻ってきたなんて思わないだろうけど、気をつけないと変な子扱いされちゃうかもしれない。

「紬、どう？　窮屈じゃない？」

『うん、大丈夫』

テニス部の朝練を終えた菜緒美たちと話し始めた文香を置いて、さりげなくトイレに立ち、いちばん奥の個室に入る。幸い、トイレには誰もいない。紬がいる、ということが嬉しすぎて、学校にいてもどうしても紬と話したい欲望を抑えられなかった。

「今日のわたし、明るいって」

『私もそう思う』

「ほんと？　わかるの？」

『うん。悠海ちゃんすごく嬉しそう』

「まいっちゃうなぁ。顔に出たら、何かあったのかって変に思われちゃう」

まいっちゃうなぁ、なんて言いつつ、実際ちっともまいってない。くすくす、と紬が声だけで笑った。

『でも嬉しいな。私が戻ってきて、悠海ちゃんがこんなに喜んでくれるなんて』

「そりゃ喜ぶよ。だって紬、親友だもん」

『ありがとう、悠海ちゃん』

ガタッと洗面台で音がして、飛びあがりそうになった。今の会話、誰かに聞かれてた？　紬、って呼んでいるのを誰かに聞かれるなんて、ものすごくまずいことなんじゃないだろうか。

紬をポケットに入れ、ひとつごくんと唾を飲んで、おそるおそる扉を開ける。洗面台で髪の毛を結んでいるエリナと目が合った。

嘘でしょ。いちばん見つかりたくない人のうちのひとりに見つかってしまった。

「おはよ」

「おはよう」

「悠海、携帯買ってもらったの？」

ぐっと言葉に詰まった。そうか、わたし以外の人に紬の声は聞こえないんだ。ひとりでトイレでしゃべっていたら、確かに他の人はこっそり学校で携帯を使ってると思うだろう。

「う、うん。昨日、親に買ってもらったの」

「マジで!? あとで番号教えて！」

ヤバイな、と内心で思いながらうなずいた。

テニス部のエリナは文香、わたし、菜緒美、紗羽子(さわこ)、そしてエリナの五人グループの中心人物だ。こういう子を、スクールカーストの最上位って言うんだろう。ドイツ人とのハーフだというエリナの顔はくっきり彫りが深くて整っていて、色も白い。少し茶色い髪の毛をアレンジするのが大好きで、おしゃれなヘアピンやシュシュをたくさん持っている。おしゃれが大好きな文香とはよくサン宝石のカタログを間に盛りあがってるけれど、正直言って文香の三倍ぐらいかわいい。

文香も東京の子らしい、垢ぬけたかわいい子なんだけど。

「ヤバいこれ、超欲しいー」

「でも一万三千だってよ！ ぜってー買えない」

エリナとふたりで教室に戻ると、文香と菜緒美と紗羽子がティーンズファッション誌を真ん中にきゃいきゃいはしゃいでいた。東京の子たちは仙台の子よりだいぶ進んでいるけれど、好きなブランドは仙台の子たちと一緒だ。

「dedend(デッドエンド)のバッグ欲しいんだよね、うち」

菜緒美がピンクのバッグを指差して言う。仙台の中高生はみんな持ってるミカサバッグにちょっと似ているdedendのバッグは、『今月のイチオシ』。値段もリーズナブルで、中学生のお小遣いでも手が届く。

「あたしも欲しー！」

「でも渋谷まで行かないとお店ないんだよね」

「ここって東京って言っても、ほんと田舎だよねぇ。渋谷まで出るのに一時間もかかるなんてさぁ」

　仙台に住んでた頃は、バスに乗って一時間もすれば街に出られた。東京の子は今日は渋谷、明日は原宿、という感じで毎日繁華街で遊び回ってるイメージだったけれど、実際は田舎具合ではわたしたちとそう変わりない。

「悠海のペンケース、ｄｅｄｅｎｄだよね？　いいなぁ」

　紗羽子が黄色のペンケースを指差して言う。最近同じクラスの里中くんが気になっているという紗羽子は、ベリーショートがよく似合う活発な子だ。毎日陸上部で汗を流している。

「これ、友だちとお揃いで買ったの」

　言いながらツキンと胸の奥に針で刺したような痛みが走る。

　ペンケースをお揃いで買った友だちというのはもちろん、紬だ。学校に持っていった次の日は美宇や愛瑠たちに自慢してはしゃいでたっけ。

　つい三カ月前のことだ。あの時はまさかこんなことになるなんて、紬がいなくなってしまうなんて、思わなかった。

「友だちって、仙台の子？」

「そうだよ」

「その子も東京に避難してきてるの？」

「ううん。津波で……死んじゃった」

言葉尻がちょっとかすれて、目の前にいる紗羽子の顔が固まる。文香も、エリナも、菜緒美も、黙っていた。空気が凍りつく、というのはまさにこういうことを言うんだろう。

死んじゃった。初めて紬のことを、そう他人に話した。

わたし、認めたくなかったんだ。紬が死んだ、ってことを。

たった一カ月半前まで、隣で笑っていた紬。

中学に入ったら一緒に吹奏楽部に入ろうねって、約束していた紬。

わたしの中で紬は今も鮮やかに生きているし、今だってぬいぐるみの姿になってしまったにせよ話だってできる。

そんな紬のことを死んだ、と誰かに話すのは、つらかった。

わたし自身、まだ地震も津波も紬の死も受け入れられていないんだ。

「そっか。ごめんね、変なこと聞いて」

長い沈黙のあと、紗羽子が顔を伏せて言った。睫毛（まつげ）の長い目が気まずそうに下を向いている。

「ううん。わたしこそ、変なこと言ってごめん」

言いながら猛烈に後悔していた。

なんで本当のことなんか言ってしまったんだろう。本当のことを言ってしまったら、わたしは文香たちの頭に津波で親友を失ったかわいそうな子、としてインプットされてしまう。これからずっと、一生、この子たちの中でわたしはかわいそうな子、になってしまう。

わたしがかわいそうな子になるのは、紬を本当に殺してしまうことだ。

気まずい空気のままチャイムが鳴り、生徒たちはそれぞれの席につく。先生が教室の前のドアから入ってきて、点呼をとる。担任になった西岡先生は気がよくてやさしい四十代半ばくらいのおじさん先生で、担当教科は社会。熱血漢でいい人だけど、武石先生に感じたようなときめきはもちろんない。

「相津（あいづ）」

「はい」

「石原（いしはら）」

「はい」

「井上（いのうえ）」

「はい」

「大川（おおかわ）」

　クラスいち身体が大きくて柔道をやっている大川くんがはい、と言いかけた瞬間にグラッときた。教室のあちこちで携帯が緊急地震速報を発する。たちまちわたしの指先から温度が失われていって頭に酸素が回らなくなる。

　身体じゅうが恐怖に縛られる。

　避難所にいた時も東京に来てからも毎日地震がない日がないぐらいで、いつ揺れてるのか揺れてないのかもわからないようになってしまった。地震にはとっくに慣れたはずなのに、少しの揺れでもあの時のフラッシュバックが襲ってくる。

　生きたまま津波に飲みこまれていった人々の姿とか、夜通し校舎を叩く津波で流されてきた瓦礫の音とか、ホバリングするヘリコプターで救助された時の、悪趣味な絶叫マシーンに無理やり乗せられたみたいな恐怖とか。

「大丈夫？　悠海。顔、真っ青だよ」

　隣の席の文香に心配そうな顔で言われるほど、わたしは真っ青になっていたんだと思う。

伯父さんの家は小さい頃に二、三回来たことがあるだけで、ほとんど他人の家だ。他人の家にただいま、と言って入ることには未だに慣れない。

「紬」

廊下と階下を気にしながら紬に話しかける。お父さんとお母さんは仕事、家具の輸入会社を経営している伯父さんは商談に出かけていて、家では伯母さんがリビングでテレビを見ていた。今朝の失敗を思いだし、声を潜める。

『お帰り、悠海ちゃん。学校と部活お疲れ様』

「ありがとう。ねぇ、紬」

『うん？』

「紬は、本当に死んじゃったの？」

声が返ってくるまで少し時間がかかった。

『身体はね。でも心はこうして、今もちゃんとある』

「ごめんね、今日学校で紬のこと、死んじゃった、って言って」

『なんで謝るの？　実際、そのとおりじゃない』

「そうだけど。でも、わたしにとっては紬は死んでないよ。今だってこうして、話せてるのに」

『じゃあ、その友だちは今も元気にしてるよ、って嘘つくの？　嘘ついたらあとで困るのは、悠海ちゃんだよ』

「確かに……」

あんな空気になってしまったせいか、エリナはあのあと携帯の番号を聞いてこなかった。このまま、とっさについた嘘のことなんて忘れてくれればいいんだけれど。

『認めたくないかもしれないけどね』

紬の声に、力がこもる。あぁ、覚えてる。一生懸命話そうとする時、大事なことを言おうとする時、紬はいつもこういう声になった。身体がなくなっても、大切なところは何ひとつ変わってないんだ。

『確かに私は死んだんだよ。身体はもう、この世にいない。でもこうして、心は悠海ちゃんのそばにいる。それじゃあ、ダメ？』

「ダメじゃないよ」

紬を抱きしめて頬ずりした。涙がひと粒溢れて、紬のひどく小さくなってしまった身体を濡らした。

泣き虫、と紬が言う。泣き虫って言わないでよ、とわたしが言う。

仙台を離れて初めてあっくんと話したのは、その日の夜だった。

六人でご飯を食べている時、お母さんの携帯にあっくんのお母さんから電話がかかってきた。お母さんはあっくんのお母さんのことを奈津子さん、と名前で呼ぶのですぐにわかる。席を立ち、廊下で五分ぐらい話をしたあと、廊下からお母さんがわたしを呼んだ。

「悠海。あっくんが悠海と話したいって」

すかさず、ぎりりと緊張が走った。

あっくんのおばあちゃんは行方不明になっていて、地震から二週間以上経って、遺体で見つかった。お母さんの口からその話を聞いたのは、東京で新学期を迎えてからだ。

今でもくっきりと鮮やかに、あの日の朝のことを思いだせる。おばあちゃんと喧嘩したきり、永遠に会えなくなってしまったあっくん。今いったい、どんな気持ちなんだろう。

わたしも紬がいなくなってつらかったけれど、わたしの苦しみとあっくんの苦しみを一緒にしちゃいけない気がする。

「もしもし。あっくん」

『久しぶり』

「久しぶり」

こんなにあっくんの声を聞かなかったこと、たぶん生まれてから一度もなかった。

久しぶりに聞く慣れ親しんだ声は、変声期とは違う強張り方をしていた。

『あのさ。悠海、卒業式の次の日に東京行ったじゃん』

「うん」

『その次の日、ばあちゃんが見つかったんだ』

「知ってる。お母さんから聞いた」

あの日、学校に現れなかったあっくんのおばあちゃんは、徘徊したまま海辺で津波に呑まれてしまった。地震の揺れで怪我をして動けなくなって、そのまま津波に襲われたのかもしれないとお父さんとお母さんは言っているけれど、もちろん本当のことは誰にもわからない。目撃者がいるわけじゃないし、いたとしても探しだせる状況ではないんだ。

『ばあちゃん、ひどい顔してた。じいちゃんの時と全然違ってた。よく、眠ってるような死に顔、なんて言うけどそんな顔じゃなかったんだ。目から鼻から口から耳から泥水が入って、すっごい苦しんで死んだんだ』

あっくんの声が震える。受話器を握るわたしの手が急激に冷えていく。

紬と同じくらい、あっくんのことも親友だって思ってた。物心ついた時からいつも三人で一緒に遊んでたから。でもその大切な人を慰める言葉は、ひとつも浮かんでこなかった。

『悠海の言うこと、聞けばよかった。あの時戻って、ばあちゃんに謝ればよかった。ひどいこと言ってごめん、って』

「……うん」

『もう、二度と言えない。ごめんなさいって言えない。ご飯食べてる時に肘をつくなって叱られることもないし、腰揉んでくれって俺に頼んでくることもない。もう、全部ないんだよ』

あっくんの声がかすんで遠くなって、涙にまぎれて消えた。わたしは冷たい手で受話器をじっと握っていた。お母さんがそっと背中に手を回してきた。

『ごめんね、悠海ちゃん』

奈津子さんが替わった。その声も振り絞って振り絞って、やっとのことで出しているような声だった。

『悠海ちゃんにまで、つらい思いさせちゃったわね』

「いいえ。わたしは大丈夫です」

『あの子ね。今、地震があってから初めて泣いたのよ』

胸が詰まって、わたしにまで涙が伝染しそうになった。それをぐっとこらえた。ここでわたしが泣いてしまうのは、何かが違う気がした。リビングからはもう何百回見たかわからないがん検診のＣＭが流れていた。

『おばあちゃんのことは悲しいけれど、あっくんが無事で本当によかった。あっくんだけでも生きてくれてて、本当に、本当に、本当によかった。わたしが死ぬことより、あっくんが死んじゃうことのほうが悲しいもん』

部屋で紬は、そうわたしに語りかけてきた。その言葉で紬がどれだけあっくんのことが好きだったか、改めてわかった。

「あっくんには紬の声、聞こえないのかな？」

『たぶん聞こえないし、あっくんにはわたしの声が聞こえるなんて、絶対言っちゃダメだよ。あっくんきっと、悠海ちゃんがどうにかなっちゃったんじゃないかって思うもん』

「幽霊とか占いとかおまじないとか、そういうの一切信じない人だったもんね、あっくん」

あっくんに紬の声が聞こえたらいいのにな、と思う。そうしたら紬、あっくんに想いを伝えられたんだ。ちょうど同じことを考えていたらしく、紬もこんなことを言いだす。

『あーあ、卒業式に告白する、なんて決めなきゃよかったな。まさかこんなことになっちゃうなんて、思わなかったわけだけど。死ぬって、悲しいね。ありがとうもごめんなさいも好きですも、二度と言えなくなっちゃうんだもんね。伝えたいことを伝えたい人に伝えられなくなるって、すごく悲しいことだよね』

「うん……なんで卒業式に告白することにしたの？　バレンタインも誕生日も、紬、何もしなかったよね」

『だって。告白したら次の日学校で会った時、フラれて気まずいもん。卒業式だったらもうこれっきりだし』

「何それ、フラれること前提？　紬、あっくんと付き合うこと考えたことないの？」

『ない』

はっきり言われた。やっぱりわたしと紬、文香やエリナたちに比べるとずいぶん、恋愛のレベルが低いかもしれない。

『だいたい、付き合うって何するの？』

紬に言われて、しばらく考えた。

「何って、たとえばデートとか」

『デートって、何するの？』

「うーん。映画？　遊園地？　動物園？　あと、カフェでお茶したり。それにキスとか」

『キスって！　悠海ちゃん、そんなの小学生には早いよ。て、もう悠海ちゃん小学生じゃないのか。私だけ、小学生で止まってるだけで』

そう、紬の時間はあの日で止まっている。死ぬって、そういうことだから。死んだら、学校に行けない。死んだら、友だちと遊べない。死んだら、好きな音楽も聴けない。死んだら、美味しいものを食べられない。

あたりまえだけど、死んだらすべてなくなってしまうんだ。

『でも、デートかぁ。よく考えたら私、まだまだやってないことたくさんあるな』

「何をやってみたかったの？」

『パティシエになりたかったでしょ。レース編みにも挑戦してみたかったし。あと、悠海ちゃんと吹奏楽部に入ってフルートを吹きたかった。コンサートとかフェスも行ってみたかったし、大人になったら車を運転したりお酒飲んだりしてみたかった』

「地震が来なかったら、今頃わたしたち、何してただろうね」

『一緒に中学行って』

「一緒にフルート吹いて」

『一緒に街へ行って買い物して』

「ｄｅｎｄで双子コーデして」

『テスト勉強とかも一緒で』

「遠足も修学旅行もふたりで行きたかったな。会津若松だけじゃなくて、沖縄や北海道にも行ってみたかった。ハワイとか韓国とか、外国も」

『悠海ちゃんと行く沖縄、楽しそうだな』

「……やめよ。この話。なんかすごく、悲しくなる」

　ふたり、しばらく黙ってしまった。降り始めた雨が窓を叩き、風がサッシを揺らしている。春の嵐がやってきたのだと思って、まだ瓦礫だらけの仙台はこんな天気でどうなってしまうのかと、ちょっと心配になった。

「でもね、わたし、紬とこうして話すことができるだけでよかった。あっくんも、家族や友だちや、大切な人を亡くした他の人たちも、みんなもう会えないんだよ。話せないんだよ。いっぱい心残りあって、一生それを抱えたまま生きていかなきゃいけないんだよ。紬が戻ってきてくれて、本当によかった」

『……本当によかったのかな』

　自信なさそうに、紬が言った。

「なんで？　紬はわたしと話せて、嬉しくないの？」

『嬉しいよ、もちろん。悠海ちゃんが喜んでくれて。でもね』

「でも？」

『……なんでもない。もう、寝よ』

ふと、不安になった。紬と話せるこの時間は一時のもので、永久には続かないんじゃないか。また、紬との悲しい別れがやってくるんじゃないのか。それはわたしと紬の意思に関係なくやってくる、どうしようもないものなんじゃないか。

紬は話したくないのだと思った。わたしは紬をテーブルの端っこの定位置に置いて、電気を豆電球にする。

「おやすみ」

『おやすみ』

地震が来る前は携帯を買ってもらって、こうして寝る直前まで紬とメールできたらいいなって思ってた。その夢は皮肉な、そして不思議な形で、こうして叶った。

いつか紬とふたりで東京に来れたら、原宿で買い物してクレープを食べる。それが、わたしたちの小さな夢のひとつだった。

「すごい、人多いね」

『うん。あ、あれ、テレビの撮影やってる！』

「さすが東京って感じ」

お母さんと来てる小学生、お化粧ばっちりの制服姿の女子高生に、ギターを背負ったいかにもビジュアル系バンドやってますって感じのお兄さん。原宿は集まる人を見ているだけで面白い。ゴールデンウィーク間近、六月上旬並みの気温とテレビで報じていた日曜日で、行きかう人たちには半袖姿も多い。わたしも羽織っていたGジャンを脱いで腕にかけて、Tシャツ一枚になっていた。

「ここなら人多いから、誰もわたしのことなんて気にしないね」

『私としゃべってても大丈夫だね』

「行こう、竹下(たけした)通り！」

日曜日の昼間の竹下通りで、人波に揉まれながらゆっくり歩く。洋服屋さん、アクセサリーショップ、カフェにアイドルショップ。原宿は十二歳の心をときめかせるもので溢れてた。つい夢中になって洋服を見てしまう。Tシャツ一枚二九〇〇円。お小遣いで買えない額じゃないけど迷った末、紬に「かわいいけど、悠海ちゃんっぽくない」と言われて結局買わなかった。

十五分並んでクレープを買い、立ったまま いちごと生クリームにかぶりつく。他の人たちもみんな美味しそうにクレープを食べていた。空は春というよりもう初夏というにふさわしいピーカンで、穏やかな風が頬を撫でる、河辺でバーベキューでもしたくなる日曜日だった。わたしと同い年ぐらいの若い子たちの笑顔を、さっきから何度見ただろう。

ふいに、悔しくなった。この人たちは大切な友だちや故郷を永遠に失ってしまう苦しみも、避難所でのプライバシーがない生活も、これからどうしようって途方に暮れることも知らない。ついひと月半前のことなのに、もう地震があったこと自体忘れてるみたい。もちろんテレビをつければ被災地のことを毎日のように取り上げているけれど、絆だ、復興だ、がんばろう日本、ってそんな薄っぺらい言葉ばっかり。わたしの苦しみを、いやわたしたちの苦しみを、そんな単純な言葉でまぎらわして美化してほしくない。

『どうしたの？　悠海ちゃん。さっきから全然、食べてないよ』

三分の一だけ残したクレープを持ったまま考えに浸っていると、紬の声が聞こえてはっとした。

「いや。なんか、寂しいなって思って。東京の人たち、ここにいる人たち、被災地のことなんて自分には関係ないって感じで」

『そんな悠海ちゃんだって、さっき洋服見て思いっきり楽しんでたじゃない』

「そうだけど……」

『それに、私たちだってこんなことが起こるまで、海外で地震が起きたり台風で被災した人の話がニュースでやってても、そのことを真剣に考えたりすることなんてなかったじゃない？　その人たちがその後どうなったかとか、自分もその人たちのために何かしようとか、そんなこと思わない。人間って、そういうものだよ』

紬の言葉には力があった。

確かに、わたしに被災していない東京の人たちを責める権利なんてないのかもしれない。実際その立場になってみないとわからないことはたくさんあるし、わからないのはどうしようもないことだ。

それでも、思ってしまう。

「どうして、わたしなのかな」

『え？』

「どうして、わたしだったんだろう。どうして、紬だったんだろう。どうして、わたしや紬がこんな目に遭わなきゃいけないんだろう。神様って、意地悪だね」

神様がいるとしたら、本当に意地悪で残酷で無慈悲でひとでなしだ。こんなことが起こっても、わたしたちに手を差し伸べることはなく、死んだ人のひとりも生き返らせてくれない。なんにもしない。ただ見ているだけ。まさに、神も仏もない。

紬は何も答えなかった。

気分直しにｄｅｄｅｎｄの原宿店を見に行こうと、クレープを食べ終わって歩きだす。竹下通りを歩いているといかにも怪しい感じの外国人に「ドコイクノ？」と声をかけられ、慌てて逃げた。東京って怖い。そんなことを思いながら目的のデパートにつき、一階から順番に見て回る。このデパートはエレベーターはあるけれどひどく混んでて全然来ないから、階段を使ったほうが早い。とはいえ、一階の次が一・五階、二階の次は二・五階という変わったつくりのため、いくら十二歳とはいえ階段を上ってばっかり、ぐるぐるあちこち見て回ってばっかりだと、なかなかしんどい。

「あーあ、疲れちゃった。カフェでお茶でもしようかな。紬、どんなカフェ行きたい？」

トイレで紬に話しかけるけれど、声が返ってこない。あれ、と思ってバッグを見て、顔の温度が一気に氷点下まで落ちこんだ。紬がいない。紬の魂を持った大事なうさぎのぬいぐるみが、どこにもいない。

「紬!?　紬、どこにいるの!?」

思わず声を上げるけど、紬はしゃべり返してこない。身体じゅうの血が突然冷水になったみたいだった。まさかこんな形で、再び永遠のお別れがやってくるなんて。そんなの、悲しすぎる。

トイレを出ると個室の中でひとりでしゃべっていたせいか、洗面台でお化粧を直してる大学生ぐらいの女の人に不思議そうな顔で見られた。そんなことにかまってる暇はなく、慌てて今日歩いた場所を思いだす。最後に紬と話したのは、あのクレープ屋さん。それまでわたしは、どのお店に立ち寄って店内をどんなふうに回ったっけ。頭を必死でフル回転させるけれど、動揺していて思いだせない。

とりあえずｄｅｄｅｎｄのお店に行き、店員さんにぬいぐるみが落ちてませんでしたかと聞くけれど、届いてませんねぇと困り顔で言われてしまった。そうですか、と返した自分の声が遠い。

紬にはもう二度と会えないんだろうか。

紬は今度こそ本当にいなくなってしまったんだろうか。

「悠海？」

聞き慣れた声が耳に入ってきて振り向くと、文香が目を丸くして立っていた。わたしの目も丸くなった。

文香の右手には紬が握られていたから。

「そのぬいぐるみ、どうしたの⁉」

「あぁ、これ？　さっき、そこで拾ったの。そういえば悠海が似たようなの持ってたなって思いだして、まさか、もしかしてって。今から落とし物センターに届けるところだった」

「わたしのだよ！　本当にありがとう」

つい声が大きくなってしまい、買い物をしていた人が何ごとかとこっちを振り向いた。文香は大げさなわたしの反応に苦笑いして、紬を差しだしてくれる。思わず、文香が目の前にいることも忘れて紬に頬ずりしてしまった。

本当によかった。紬が戻ってきてくれて、本当に本当によかった。

「悠海はひとりで来てるの？」

「うん、ひとり」

ひとりで休みの日に原宿なんてちょっと変かな、と思ったけど正直に答える。

「へー、そうなんだ。うちはお姉ちゃんと来てるの」

「文香、お姉ちゃんいたの？」

「いるよ、六つ年上で今大学生。うちが七月生まれで文香で、お姉ちゃんが一月生まれで雪香(ゆきか)」

「なんで七月生まれで文香なの？」

「古い言い方だと七月のこと文月っていうらしいよ」

そんな文香の横から、綺麗なお姉さんがひょこっと顔を出す。色が白くて栗色の長い髪がくるんと上手に巻いてあって、香水なのかバニラみたいな甘い香りがした。文香によく似ている。

「初めまして。うちの文香がいつもお世話になってます」

「初めまして……」

鈴を転がすようなソプラノの声で言われて、ちょっと言葉尻がかすれた。エリナに比べれば文香なんて全然普通の顔だ、と思っていたけれど、文香って大人になったらエリナ以上にかわいくなるタイプの子なのかもしれない。

「これから文香とお茶するんだけれど、よかったら悠海ちゃんも一緒にどう？」

「え、いいんですか？」

「もちろん。大勢のほうが楽しいし、私も文香が学校でどうなのか、話聞いてみたいと思って」

本当はひとりで紬との再会を喜びあいたかったけれど、そう言われると首を横には振れなかった。

原宿のカフェはどこも混んでいて、入れたのは三軒目。表参道まで歩いて、路地裏のひっそりしたお店でコーヒーを飲む。普段コーヒーには必ずミルクを入れちゃうのに、雪香さんがおごってくれた一杯六〇〇円のコーヒーはブラックでも美味しく飲めてしまう。鼻に抜ける豆の香りが香ばしい。

「この子、部活は真面目にやってるの？　文香が吹奏楽部やりたいって言うから、うちでは家族会議があったのよ。いくら楽器は学校から借りれるっていっても修理だ、メンテナンスだって、なんだかんだでお金かかるし、続かなかったら困るからってね」

「いや、すごく真面目ですよ！　みんなで廊下で水揚げされたマグロみたいに並んで横になって呼吸法をやるんだけど、文香、サボってる子がいると真面目にやりなよ！って怒ったりするし」

「へー意外」

「お姉ちゃんさ、うちの友だちに根掘り葉掘り聞くのやめてよー」

南仏風の内装がおしゃれなカフェで話は弾む。雪香さんは本当に綺麗だから、同じ女同士なのに目を合わせて話すとちょっとドキドキした。仙台でも友だちのお姉さんやお兄さんと一緒に遊ぶことはたくさんあったけれど、こんなに年上のきょうだいと友だちみたいにじっくり話すことなんてなかったから、新鮮な体験だった。

「そのぬいぐるみ、そんなに大切なものなの？」

雪香さんがトイレに立った時、文香が言った。紬のことを言われて、一瞬、言葉に詰まる。

「うん。ｄｅｄｅｎｄのペンケースお揃いにした子」

「津波で死んじゃった子？」

「お裁縫が得意な子だったんだ」

言うだけで涙が溢れそうになった。

だった、って過去形にしてしまうことが悲しかった。

紬は今も死んでないのに。声だって聞こえてるのに。でも世間的には「死んじゃった」ことになって、もういなくなったものとして扱われる。

仕方ないことだけど、悲しいなんて言葉じゃ表せないほど悲しい。

文香がふっと表情を曇らせる。学校にいる時は少しだけメイクしてるけれど今日の文香はマスカラをしっかり塗っていて、それがまたかわいくて、そんなかわいい顔に濃い影が差した。

「そっか……悠海、大変な思いしたんだね」

だいぶ長い沈黙のあと、文香はそう言った。

大変なんてもんじゃない。そんな簡単な言葉でわたしの苦しみをひとくくりにしないでほしい。

文香には、何もわかるわけない。

そう思ったけどもちろん表には出せず、代わりに立ちあがったところで、雪香さんがトイレから戻ってくる。

「あの、わたし、もう帰ります」

「え、もう？　もしかしてこのあと用事あるの？」

「いや、そうじゃないけど。ちょっと風邪引いたみたいで、頭が痛くって」

とっさについた嘘はきっと文香にはバレていたらしく、気まずい顔になる。雪香さんは気づいていないようで、心配そうに言った。

「そうなの。お大事にね」

「はい。どうも、ごちそうさまです」

カフェを出て歩きだすと、さっきよりも風が出てきていてTシャツから突き出た腕にさっと鳥肌が立つ。路地裏だから人気はなく、ここなら大丈夫だとバッグの中に入れていた紬を取りだした。

「ごめんね、紬。落としちゃって」

『ううん、見つけてくれてありがとう。それより悠海ちゃん、大丈夫？　泣きそうな顔してるよ』

ちょうど路上駐車してある車の前を通りかかって、バックミラーに青白い顔のわたしが映っていた。確かに、今にも涙が防波堤から溢れだして流れ落ちそうな顔をしていた。

「仙台にいたけど被災はしてないです、街のほうだったので大したことないです、そう言うのは簡単だけど、それは違う気がする。だからって本当のこと言ったら相手も困らせちゃうし、自分も傷つく。本当に、東京っていずいね」

仙台にいた頃は、学年じゅう、いや学校じゅう、みんなが友だちだった。一学年にひとクラスしかない、小さな学校だったから。でも東京では、誰とも本当の友だちになれない気がする。文香もエリナも菜緒美も紗羽子も、みんなすごくいい子だけれど、紬みたいになんでも話せる親友なんてきっと一生、できないと思う。

いつまで経ってもわたしは、東京になじめない。なじみたいと思っているのかもよくわからない。

「紬、わたし、仙台に帰りたいよ。仙台に戻って、紬と毎日一緒に学校行きたいよ」

しばしの沈黙。少し冷たくなった風が、バッグにぶら下がった紬を揺らす。

『ごめんね、悠海ちゃん。悠海ちゃんを残して、こんなに早く死んじゃって』

紬とずっと一緒にいたかった。ふたりで中学生になって、高校生になって、大学生になって、就職して結婚して、子どもを産んで、おばさんになってもおばあちゃんになっても、白砂で紬と手をつないでいたかった。

「紬。ずっと、わたしと一緒にいてね。もう二度と、いなくならないでね」

またずいぶん長い沈黙があったあと、うん、と蚊の鳴くような声が返ってきた。

紬は、死んでない。でも、生きているとも言えない。

生きてるっていうのはわたしだけでなくいろんな人と会って、話して、経験して、その人から学ぶことだ。それができない紬が小学六年生のままこの世にとどまるのは、本当に正しいことなのか。

少しだけ、そんなことを考えた。

第四章　初恋、失恋、そして告白

その日から、一年と三カ月。

四十人で演(や)る『剣の舞』は、CDで聴く時とはまったく違う心の震えをわたしに与える。吹奏楽部に入って、フルートを始めて、音楽を聴くだけでなく自分で演る喜びを知った。小学校の時も三年だけピアノを習ってたけどすぐやめてしまったし、わたしはひとりじゃなくて、みんなでひとつのことを演る喜びをじっくりと味わえるタイプなのかもしれない。

フルートパートは三年生がひとりしかいないから、二年生になってわたしはセカンドからファーストに『昇格』した。みんなでひとつのことをやる時は喜びだけじゃなくて、責任も伴う。それすらもなんとなく、好ましい。わたしはきっと吹奏楽に向いてるんだ。未だに、楽譜を読むのは少し苦手だけど。

でもときどき、吹きながらふいに意識が飛ぶことがある。そういう時はたいてい、紬のことを考えている。もし地震が起きなかったら、今隣でフルートを吹いているのはきっと、紬だったんだろうなって。

でも、衝撃的な再会から一年と三カ月が経った今でも、紬はわたしのそばにいてくれる。声もちゃんと聞こえる。ふたりでいる時はたくさん話をする。

だからわたしは毎日笑顔で学校に行くことができる。

「なぁ、お前ん家、津波で流されたって、マジ？」

二年生になって初めての席替えで前の席になった新村くんが、ホームルームが始まる直前の教室でヘラヘラ笑いながらそう言った。新村くんは別に不良ってわけじゃないけれど髪を校則違反の茶髪に染めていて、制服のシャツのボタンも鎖骨が見えるまで開けていて、典型的なチャラ男タイプ。一部の女子からは憧れられてるみたいだけれど、はっきり物を言うし授業中もうるさいから、憧れるのと同じくらい嫌っている子もいる。先生からも目をつけられているみたい。

「なんでそんなこと聞くの？」

つい、自分でもびっくりするような低い声が出ていた。地震のことを聞かれるのは、別にいい。でもヘラヘラ笑いながらそんなことを言われるのは、やっぱり腹が立つ。

でもそんなことまったく気づいていないように、相変わらずにやつきながら新村くんが続けた。

「別にいいじゃん、教えてくれたってさ。なぁ、本物の津波ってどんなんなの？　音とかすげーの？　ゴォーとかいったりすんの？」

絶句していた。この人にとって津波はあくまでテレビで見るだけのもので、フィクションの世界と変わりない。実際にそれを間近で見て体験したわたしの気持ちなんて、思いやってない。というか、思いやろうとする気さえない。

「東京も結構揺れたんだけどさぁ、津波が来るようなとこってどんだけ揺れたの？　ニュースで見たけど、よく地震が来たのに学校が無事だったよなぁ。天井とか落ちなかったのかよ。窓ガラス、割れた？」

「新村、いい加減にしろよ」

新村くんの隣の席の里中(さとなか)くんが新村くんを睨みつけた。いつも穏やかでやさしい、生真面目な優等生タイプの里中くんがこんなに怒ったところを、初めて見た。

「ちょっとやめなよ、新村」

二年生になっても一緒のクラスの文香も言う。ちょうどチャイムが鳴り、西岡(にしおか)先生が入ってきたところだった。佇(たたず)んでいるわたしを見た先生が上ずった声を上げた。

「どうしたんだ、福田」

新村くんの驚いた顔が、里中くんの張りつめた顔が、文香の心配そうな顔が、そして教室じゅうの好奇と注目の目がわたしに集まる。

わたしは、泣いていた。両目から溢れた涙が、あとからあとから頬を伝って止まらなかった。

一日じゅう、後悔しどおしだった。いくら悔やんでも悔やんでも、悔やみきれなかった。

なんであそこで泣いてしまったんだろう。自分を止められなかったんだろう。泣いたらわたしは『被災者』になってしまうのに。自分が泣き虫なのをここまで後悔したのは初めてだ。

紗羽子にペンケースのことを聞かれ、文香に紬のぬいぐるみのことを聞かれて以来、わたしは学校でいっさい地震の話をしていない。それでも人の噂はどこからか漏れるもので、クラスじゅう、いや学年じゅう、というか学校じゅう、みんなわたしがどんな目に遭って東京へやってきたのか、いつのまにか知っていた。

『被災者』扱いなんていやだ。それじゃあまるで、みんなと対等な立場じゃないみたい。かわいそうな子になんてなりたくない。かわいそう、そう思われるのが仕方ないのはわかってる。

でもそれじゃあ、まるで紬が本当に死んだみたいじゃないか。

「福田、ちょっと」

掃除の時間、西岡先生に教室の端に呼びだされた。文香と同様、西岡先生も中一の時と同じ担任だ。

「福田、新村にいじめられてるのか？　ほら。朝、泣いてたから」

「別にそんな。いじめとかじゃ、ないです」

新村くんは朝のことなんかすっかり忘れたように、掃除をサボって友だちと何やら大声で騒いでいた。何がそんなにおかしいのか、まったく理解できない。

いじめ。わたしがされたことをそんな言葉でくくってしまうのは、なんか違う気がする。確かに泣いてしまったけど、新村くんに腹も立ったし悲しかったけれど、でも、いじめとか、そんなんじゃない。

「先生、あのあと聞いたんだよ。里中と吉川から。新村にもきつく言っといたけど、またなんかあったらすぐ先生に言うんだぞ。こういうのも、立派ないじめなんだからな」

「そんな。いじめなんかじゃ、ないです」

「でも福田、泣いてたじゃないか」

ぐっと言葉に詰まる。いったいどこからがいじめで、どこからがからかいやイジリになるのか。ボーダーラインを引くことはすごく難しい。

「先生、心配なんだよ。福島から避難してきている子たちがいじめに遭っているってニュースは、福田も知ってるだろう？」

「知ってます。ひどいですよね、あんなことがあった上に、いじめるなんて。でもわたし福島じゃないです。宮城です。津波による災害と原発事故から起こった問題は全然違うし、わたしは住み慣れた故郷を永遠に失ってしまったわけだけど、故郷がそこにあるのに、なんだかよくわからない目に見えないもののせいで帰りたい場所に帰れない人の気持ちは、わたしにはわからないです」

『被災者』なんてみんな一緒くたにしないでほしい。同じ『被災者』でも、家を失った人、家族を失った人、友だちを失った人、家が立ち入り禁止区域に指定されて住み慣れた土地を離れなくてはいけなくなった人。それぞれの立場はまったく違うし、それぞれ感じ方も考え方もまったく違う。単純な言葉や想像力だけで、『被災者』を理解してもらうことなんて無理なんだ。

「福田の思いは立派だと思うよ。でも先生が言ってるのはそういうことじゃないんだ。先生からしたら、福島から来ても、宮城から来ても、同じだってこと。東京の人にとっては、福田は被災地から来た自分たちとは違う人なんだよ。そのことはどうしたって、曲げようがない」

胸の奥がキュッときしんだ。

じゃあ、『被災者』は被災してない人にとっては赤の他人ってこと？　赤の他人はいじめられてもからかわれても、しょうがないってこと？　それを受け入れろって、この人は言いたいんだろうか。

「津波で家が流されて、友だちが亡くなったんだってな？　つらいだろうけれど、何かあったら必ず先生に言うんだぞ。できることはやる、絶対に力になるから、前を向こうな」

「何も知らないくせに、そんなこと言わないでください……!!」

西岡先生の奥二重の目が大きく見開かれた。無意識のうちに声が大きくなっていたんだろう、黒板の掃除をしていた女の子が驚いた顔でこっちを見る。

何も知らないくせに。

何もわかってないくせに。

ほっといたらそんな言葉まで溢れてしまいそうで、トイレ行ってきます、と短く言って逃げるように、というかまさしく、教室から逃げた。廊下のあちこちで掃除をサボっておしゃべりする、小さな輪ができていた。

生まれて初めて、先生に逆らった。顔が火を当てられたように熱くて、心臓がばくばくうるさかった。つらいことを乗り越えようとか、前を向こうとか、頑張ろうとか。あの日からたくさん、いろんな人に言われた。わたしのことを思ってそう言ってくれてるんだってわかっていても、素直に受け止められなかった。大好きな友だちを突然失ってしまう苦しみも、家が流されてしまった悲しみも、住み慣れた故郷が自然の暴力によって一瞬にして失われてしまう虚(むな)しさも知らないで、あったかい部屋で対岸の火事みたいにテレビで被災地の映像を見ていた人たちに、簡単に偉そうなことを言われたくなかった。

　だって、どうやって前なんて向けっていうの？

　いったい何を頑張ればいいの？

　あっくんのように肉親を亡くした人がいる。今なお、家族が行方不明になったままの人が大勢いる。そんな人たちが頑張るって、どういうことなんだろうか。日々の生活を頑張って楽しんでいたら、苦しんで亡くなった人たちを置いてけぼりにしてしまって、後ろめたくなる。

　そんなふうに、思ってしまうんだ。

　学校の中ではポケットに紬を入れている。紬は授業はちゃんと聞いてるみたいだけれど、そこらへんはちゃんとわかっているらしくて、他の人がいる時は絶対に自分から話しかけてこない。でもどうしても紬と話したくて、紬の声を聞きたくて、今の自分の思いを吐きだしたくて、逃げる口実だったけど本当にトイレに向かった。トイレ掃除の班に文香がいたことも忘れて。

「悠海ってさー、ぶっちゃけ扱いづらくない？」

　廊下の角でその声を聞いて、足が止まった。動悸(どうき)がさらに激しくなり、灰色の感情が全身の隅々まで広がっていく。こっそり廊下の角から顔を出して、文香の様子を確認した。一緒にいるのは二年生になってクラスは分かれてしまったけれど、相変わらず仲がよくて休みの日もよく一緒に遊んだりするエリナ、紗羽子、それに菜緒美。

「悠海が悪いわけじゃないんだけどねー」

菜緒美が言った。エリナと同じテニス部の菜緒美はお父さんが沖縄出身らしく、部活焼けした小麦色の肌がくっきりした顔立ちによくマッチしている。

「悠海と話すのすごい、疲れるよ。死ぬとか地震とか、NGワード多すぎ。小学校の頃のこととかにも触れられないし」

エリナの声だった。エリナは綺麗な子にありがちだけど、人の悪口をものすごくはっきり言う。その時と同じ声で、今はわたしのことを言っている。

「いつ死んじゃった友だちのこと思いだして泣きだすかわかんないもんね。なんか、面倒臭い子と友だちになっちゃったよなぁ」

面倒臭い、という言葉がズキンと心臓をひと突きした。明るくて爽やかでエリナと違って人の悪口を滅多に言わない、紗羽子がそう言っていた。

「悠海が悪いわけじゃないんだけどねー」

「ほんと、悠海のせいじゃないんだよねー」

無理やりつけ足したフォローのような言葉が耳を素通りしていく。

ひとり、速足で教室へ戻りながら、胸がむかむかしていた。仙台にいた時はひとクラスに六人しか女子がいないから、グループなんてあってないようなもので、誰かが誰かのことをあんなふうに言っていた、こんなふうに言っていた、そういうことで揉めることもほとんどなかった。だからこんな思いは、十三年間生きてきて初めてだ。

文香たちが本当は自分のことをそんなふうに思っていたなんて、知りたくなかった。扱いづらい。疲れる。面倒臭い。それが、みんなのわたしに対する本音なんだ。


部活は休んでしまった。休む時は黒板に理由と、名前を書いておかなければいけない。白いチョークを握ってちょっと考えて、『気持ちが悪いので休みます　福田』と書いた。嘘ではない。

福田一家は半年前に伯父さんの家を出て、学校まで歩いて五分の2LDKのアパートに引っ越していた。お父さんは早く仙台に戻ってパン屋を始めたい、パンを通して被災地に貢献したいとずっと言っているけれど、子ども特有の無邪気さですぐに新しい環境になじんだ春海はともかく（小学校でできた友だちと『津波ごっこ』をやっていた時は本当に驚いた。子どもってある意味めちゃくちゃ強い）、難しい年頃のわたしの環境が変わってしまうことを、お母さんたちは心配しているようだった。たった一回だけど、伯父さんたちもいる前で自分の感情をぶちまけてしまったことが、今も心に強く引っかかっているのかもしれない。

「あら、お帰り。早かったのね」

お母さんは今日はパートは早番の日。朝六時から昼の二時まで働いて、その後はデータ入力の内職、夕方以降も春海の世話や家のことで忙しく、夜寝るのは二時を過ぎている。子どもも大変だけど、大人はそれ以上に大変だ。

「具合悪いから部活休んだ」

「あら、大丈夫？　部屋で休んでなさい。そうそう、悠海に手紙来てるわよ」

嬉しそうに言うお母さんにあとで読む、と冷たく背を向けてしまった。自分で選んだカーテンにベッドカバー、学習机。他人の家のベッドルームよりはましだけど、どれもこれも新しすぎる。壁に飾っていた紬との写真が一枚もなくなってしまったことが、ひどく悲しい。小学校の入学式にふたりで撮った写真も、紬の誕生日パーティーの時も鼓笛隊で演奏している姿をお父さんが撮ってくれた写真も、全部、津波に流されてしまった。

『悠海ちゃん、大丈夫？』

制服のままベッドにばたんとダイブしたわたしの耳に、紬の声が流れこんでくる。そのことにすごくホッとする。

「大丈夫。仮病だから」

『知ってる。だから大丈夫？　って聞いたの』

　家の中にお母さんがいるから、紬と話す時は思いっきり声を潜める。携帯も持たせてない娘がひとりで部屋でブツブツ言っていたら、震災の心の傷が癒えていなくておかしくなったのかと思うだろう。

『あのさ、悠海ちゃん。先生に対してあんな態度取ることないと思う』

「なんで？　紬ならわかるでしょ？　すっごく怖い思いして、苦しい思いして、死んだのに。紬みたいな人がたくさんいるのに、今でも行方不明で大切な家族が見つからなくて、遺体と対面することすら叶わない人がいるのに。あんな簡単に頑張れとか、話聞くとか、言われたくない。なんにも知らないくせに」

　思いだすと指先が小刻みに震えた。怒っているんじゃない。悲しいんだ。極度の悲しみは、怒りと同じ反応を身体に与える。

『悠海ちゃんがそう思うのは、仕方ない。でも、先生があんなふうに言うのだって仕方ないことなんだよ。地震も津波も大切な人を失う苦しみも経験してない人は、ああ言うしかないんだと思う。先生だって先生なりに考えてああ言って、自分の立場で悠海ちゃんに寄り添おうとして、あんな言葉が出て来たんだから、それはちゃんと受け止めなきゃいけないと思う』

そこで、少し間があった。わたしはどうしていいかわからず、紬の頭にくっついたボールチェーンを指でいじっていた。

『もっと言えば、新村くんだって私はそんなに、悪い子だとは思わないな。確かに面白半分にあんなこと聞いたし、言い方だってよくなかったけれど。でも、少なくとも悠海ちゃんが置かれた状況に、震災の事実に、興味を持ってくれたわけじゃない？東京の人たちはほとんどみんな、たった一年ちょっと前のことなのに地震が起こったこと自体忘れてるみたいで、そんな中でも地震のことに興味を持ってくれるって、たとえ興味本位でも、そのこと自体はよいことだと思うよ』

新村くんのヘラヘラ笑いを思いだすと、また泣きたいほど腹が立ってくる。そう、あの時わたしは悲しいんじゃなかった。怒ってた。『被災者』であるわたしを無責任にからかうような言葉に、怒ってた。

でも、紬みたいな考え方もできるんだ。

『いちばんよくないのは、文香ちゃんやエリナちゃんたちだよ。みんなやさしいけれど、やさしいだけ。腫(は)れ物扱いしてるだけ。もちろん悪気はないし、悠海ちゃんのことを思いやってるんだけど、実際それで悠海ちゃんは傷ついたんでしょ？　そんなの、震災のあった地域を取材してテレビ番組にして、最後は感動、ちゃんちゃん、絆(きずな)なんちゃら言って終わり。そういうのとたいして変わらないよ』

「それは。それこそ、紬の言う、経験していない人はそう言うしかない、ってのと同じだと思うけど。震災の悲しいことや悪いことをテレビでやるのって、すごく難しいと思うし。それでも取り上げてもらえるだけ、いいんじゃないかな」

『そういう考え方もあるよね。でも私は、悠海ちゃんみたいに家もふるさとも失ってしまった人もいるのに、そういう人にとって震災は今でも終わってないのに、終わったことみたいにして扱うの、おかしいと思う。白砂でも火事場泥棒があったし、もっとえげつない犯罪が起こった地域もあるんでしょ？　白砂小は三百人もの人を救った奇跡の小学校みたいに言われてるけれど、一方で避難が遅れてたくさんの子どもたちが犠牲になった小学校だってあった。そういう、みんなが困ってることとか、苦しいこととか、マイナスのことをきちんと伝えないで、東北の人たちは地震に負けないで頑張ってますよー、必ず復興しますよー、だから皆さんも頑張りましょう、なんておかしいでしょ？　そうじゃなくて、悠海ちゃんたちの気持ち、もっと考えて、もっとちゃんと寄り添ってほしいと思う。だから文香ちゃんやエリナちゃんだって、悠海ちゃんに震災のことを聞かないの、本当はおかしいんだよ。東京でできたいちばんの友だちなんでしょう？　悠海ちゃんにあったことは事実なのに、その事実も含めて悠海ちゃんがここにいるのに、事実を避けてばっかりじゃ悠海ちゃんと本当に向き合ってないってことだよ』

寄り添うってどういうことだろう。

向き合うってどういうことだろう。

わたしは、『被災者』でない人たちに、文香やエリナたちに、いったい何を望んでいるんだろう。

それすらもよくわからない。

「わたし、むしろ被災者であることを、紬を失ったことを、誰にも知られたくないって思ってる。それは、逆にわたしが、みんなとちゃんと向き合おうとしてないってことなのかな」

『そうかもしれない。でも、知られたくない、っていうのは悠海ちゃんの心の問題だから。それは悠海ちゃん自身がゆっくり解決していけばいいと思うよ。いつかきっと、悠海ちゃんが被災者であることを受け入れて、それを生きるエネルギーに変えることのできる日が来ると思う。だから今は、慌てなくていいんだよ』

「なんか紬、大人になったね」

『え、そうかな』

紬の声が上ずった。

今、少しびっくりしている。確かに紬はわたしよりも頭がよかったし勉強もよくできたけれど、こんな立派な考えを持ってそれを人に伝えるタイプじゃなかったはずだ。

どちらかというとおとなしくて、みんなのあとからついていく子で、親友のわたしにすらしゃべる側より聞き役に回ることのほうが多い。そのほうが落ちつく、っていうのが中園紬という子。

　ありえない形の再会から一年以上が経って、この世にとどまった紬の魂も少しずつ変化しているんだろうか。

「紬、前よりも言うことが立派になった。わたしたちの歳でそこまで考えられる人って、なかなかいないよ」

『死んだからかな。死者の哀愁ってやつを、身にまとってるのかも』

「冗談でもそんなこと言わないで。紬はわたしにとっては死んでないの。これからもずっと一緒なの」

　喉に力を込めて言うと、紬はしばらく黙った。急に、わたしの知ってるおとなしい女の子に戻ってしまったみたいに。

『……わかった、ごめん』

　その『ごめん』がどういう意味の『ごめん』なのかわからなかったけれど、それ以上その話をわたしたちはしなかった。

　部屋で落ちついたあとカウンターキッチンのあるリビングダイニングに向かい、お母さんから手紙の入った封筒を受けとる。ずっしり重いＡ４サイズの茶封筒の中に、カラフルな封筒が入っていた。どれも『悠海ちゃんへ』『福田悠海さま』などとわたしの名前が書かれている。

白砂小の六年生のみんなと校長先生、それに武石先生が書いてくれたものだった。

「この前の十一日、みんなで集まったのは知ってるでしょ？」

「覚えてるよ。でもさすがに東京から行くのは大変すぎて、断ったんだよね」

「山形や会津若松に行った子はいるけれど、悠海がいちばん遠くに行ったから、みんな心配してるのよね」

それはきっと、紬のこともあるんだろう。紬とわたし、いつも双子みたいにくっついていて『ピーナッツ』なんて呼ばれたこともあったくらいだから。

十三通の手紙の中から、まずはシンプルな白い封筒を開ける。署名は『宮永耕作』。あの日、黄色いハンドマイク片手にわたしたちが救助されるまで、夜通し必死で励まし続けてくれた校長先生だ。

『福田悠海さん
お久しぶりですね。東京での生活はどうでしょうか？　福田さんは気持ちのやさしい子なので、きっと東京でもたくさん友だちができていると思います。そうなっているといいな、と思っています。

白砂小は学校として使えなくなり、隣の小学校を間借りして授業を行っています。引っ越しした人も多く、生徒の数は震災前よりも減ってしまいましたが、それでも学校に子どもがいると嬉しいな、と思います。

福田さんは東京で吹奏楽部に入ったそうですね。お母さんから聞きました。鼓笛隊がうまかった福田さんなので、フルートもきっとうまいのだと思います。いつか福田さんのフルートを聴かせてください。それでは、お元気で。　　宮永耕作』

校長先生が相変わらずで、すごく嬉しくなる。わたしたち子どもが笑顔でいることを何より喜んでくれるところも、生徒ひとりひとりのことを心から思ってくれていることも。フルート、聴かせてあげたいと思った。いつになるかわからないけれど。

次に武石先生の手紙を読もうとして、いや、いちばん大事なものは最後に取っておこうと思い直して、美宇からの手紙を手に取る。

『悠海ちゃんへ
悠海ちゃん、元気ですか？　わたしは仙台市内の仮設住宅で暮らしています。家は前よりもずっと狭くなって自分の部屋もないけれど、その分家族との会話が増えたし、彩希子や快司くんやしゅんくん、仲のいいみんなが近くにいることが嬉しいです。失ったものを数えていったら悲しくなるばっかりだから、嬉しいことや楽しいことにも目を向けていきたいと思います。
悠海ちゃんは中学で吹奏楽部に入ったそうですね。わたしはバドミントン部に入り、今は毎日部活に夢中です。練習はきついけれど、大会で勝った時の嬉しさはたとえようもありません。悠海ちゃんも部活を楽しんでくれてたら嬉しいです。
今度仙台に来る時は、ぜひ声をかけてください。一緒に紬のお墓参りに行きましょう。わたしもいつか東京に行ってみたいです。じゃあ、またね！　大西美宇』
嬉しいことや楽しいことにも目を向けていきたい。美宇らしい言葉だと思った。そうだ、わたしも理解してもらえなかったり、面倒臭がられたりするからって落ちこんでばかりいちゃいけない。前を向くってどういうことかわからなかったけれど、その答えを美宇がさりげなく教えてくれた。
次は愛瑠。封筒はかわいいものが大好きな愛瑠らしい、ピンクのハート柄だ。
『悠海ちゃんへ
久しぶり。元気ですか？　わたしは今、山形にいる父方の叔父さんの家で暮らしています。親戚の家で暮らしたことのある悠海ちゃんならわかると思うけれど、親戚とはいえ家族でない人と同じ家で暮らすというのは簡単なことではありません。気を遣うし、厄介者扱いされているのがわかってしまうし、どうにもいずいです。早く仙台に戻りたいけれど、いろいろな都合でそうもいかない状況です。

今でもわたしを苦しめているのは、ピコのことです。ピコを助けられなかったこと、死なせてしまったことが、悲しくて苦しくてつらくて仕方ありません。ピコは小さなケージに閉じこめられたまま津波から逃げることもできず、たったひとりで死んでいったんです。そのことを思うと、今も涙が出てきます。

正直、この悲しみをどう扱ったらいいのか、今でもよくわかりません。紬ちゃんを失った悠海ちゃんならこの気持ちがわかってくれるかな、と思って手紙を書きました。また会った時は、紬ちゃんの話をたくさんしましょう。　川本愛瑠』

ハムスターの命は、人間よりもすごく短い。どうせ一年か二年で死んでしまう生き物じゃないか、そう思う人もいるだろう。でも愛瑠にとっては、わたしが紬を失ってしまったのと同じくらいの悲しみなんだ。たかがペット、なんて簡単に言わないでほしい。愛瑠みたいな人はきっと、たくさんいる。

次に選んだのは彩希子の手紙だった。

『悠海へ
　ずーっと連絡してないけど元気かな？　あたしは今、美宇たちと同じ仮設住宅に入っているけれど、悠海がいないとやっぱりさみしいよぉ。本当は悠海も紬も、みーんな、同じ中学に行くはずだったのにね。避難所から中学に通ってた頃は、昨日はこんなものを食べてめっちゃおいしかったとか、そんな話をしてる被災者じゃない人たちのことがうらやましくて、恨めしくて、そんな自分がいやになって、すごい複雑な気持ちになった。今はそうでもないけれど。
　悠海だから言うけれど、あたしは今、月に一度カウンセリングを受けています。PTSDと診断されています。地震の日のことが今でも心にくっきりと残っていてちょっとの揺れでも心臓がバクバクするし、お風呂に入っている時でも今地震が起きたらどうしよう、裸で逃げなきゃいけないのかな。そんなことを考えてしまって、ゆっくりつかっていられないんです……
　あたしたち、すごいひどい目に遭ったよね。普通なら経験するはずのないことを経験してしまったよね。その経験を未来を作る糧にしようと大人たちは言うけれど、じゃあ何をすればいいの、と言い返したくなってしまう。あたし、反抗期なのかもしれません。

暗い手紙になっちゃってごめんね。悠海だから、正直な気持ちを書きました。仙台に来ることあったら、乙女たちもさそってみんなで遊ぼう！　　高浜彩希子』

地震のせいでPTSD（心的外傷ストレス障害）を起こしたり、うつ病になってしまった人も多いということは知っていた。直接被災していない東京の人でさえ、テレビのニュースを見すぎてうつ状態になってしまうこともあるんだ。

でも活発で明るくて、どちらかというと気が強くて男子とよく喧嘩していた彩希子がこんなふうになるなんて、ちょっと信じられない。でも、そういえば彩希子は地震の時泣いていて、すっかりパニックになっていたっけ。

彩希子の手紙にどう返事しようか、考えながら次の手紙を開けた。差出人は乙女。

『悠海へ
久しぶり。東京で元気にしているかな？　全然乙女じゃない乙女は、会津若松でも元気にやってます。そう、修学旅行でお土産に木の日本刀を買った、あの会津若松です。福島は原発事故もあったからできれば行きたくなかったけれど、会津若松にいる親戚が部屋が余っているからおいでと言ってくれたので、ここで暮らしています。避難所で仮設トイレを使っていた時のことを思うと、親戚には感謝してもしきれません。

今通っている中学は原発事故のあった地域から避難してきている人が多くて、わたしは中学でもバレーボールを続けているんだけど、部活を通じて浪江（なみえ）から避難してきている子と仲よくなりました。その子の家は中がめちゃくちゃになったし、瓦も落ちちゃったけれど、住めない状態ではないんです。なのに、住み慣れた場所に帰れない。故郷を失くしたわたしたちと、故郷があるのに帰れないその子。いったいどちらがましなんでしょうか。

わたしは東京にも親戚がいるので、そう遠くないうちに東京に行くことになるかもしれません。タイミングが合ったら、悠海に会いたいな。最近携帯を買ってもらったので、最後にアドレスを書いておくね。よかったらメールしてください。グッバイ！　　　　山梨乙女』

乙女のお気に入りのアイドルの下の名前がアドレスになっていた。未だ携帯を買ってもらえておらず、家にパソコンもないわたしがこのアドレスに返信するのは、きっとずっと先のことになるだろう。

次の手紙は快司くん。地震の時、とても落ちついていた子だ。津波の写真を撮っていたことが今でもくっきりと記憶に焼きついている。

快司くんの手紙は、短かった。その代わり、四枚の写真が封筒の中に入っていた。

『悠海へ

俺は文章を書くのか苦手なので、手紙の代わりに写真を送ります。よかったら見てください』

一枚目は、車が廊下に流されてきて瓦礫の山が突き刺さった白砂小学校の写真。きっと、地震の直後、震災から二週間か三週間ぐらいの時に撮ったものだ。

二枚目は、おそらく快司くんの家だったものだろう。家屋部分がごっそり持って行かれ、基礎だけが残って瓦礫とヘドロだらけになった変わり果てた家屋の姿。自分の家を見に行った時のことを思いだして、涙腺がちょっと熱くなった。

三枚目は段ボールで区切られた避難所の写真。呆(ほう)けたように座るおじいちゃんや、荷物をごそごそやっている人、おしゃべりをしている人。そんな、リアルな避難所の姿だった。避難所での不便しかなかった生活を思いだし、また目頭が熱くなる。

四枚目は、海の写真だった。これは最近撮ったものなんだろう、あの日めちゃくちゃになってしまった松林が映っていない。その代わり、白砂という名のとおりの白い砂浜が扇形に広がり、ダイヤモンドをちりばめたみたいな海の表面が太陽の光を反射している。

あの日、すべてを奪っていった海。それと同時に小さい頃からよく遊び、夏はたくさんの海水浴客を受け入れて白砂を盛り上げてくれた海でもある。津波は怖いけれど、憎いけれど、やっぱり海を嫌いにはなれない。

快司くんの写真をだいぶ長いことかけて見つめたあと、しゅんくんの手紙を手に取った。

『福田悠海さま
久しぶりです。元気ですか？　僕は今、仙台市内の仮設住宅で暮らしています。彩希子や晃太郎、篤樹たちと前よりも近くにいられることが、すごく励みになっています。
悠海は知ってると思うけど、僕の母さんとじいちゃんは津波で死にました。車で避難しようとしていたけれど寝たきりのじいちゃんを母さんひとりで運ぶのはきっと大変なことだったんでしょう、逃げるのが遅れてしまったんだろう、と父さんは言っていました。
今も母さんやじいちゃんのことを思うと泣いてしまうし、ドラマや映画みたいに簡単に立ち直ることなんてできません。それでも、いつまでも僕が女の子みたいにめそめそしていたら母さんやじいちゃんが悲しむんだろうな、と最近思うようになりました。

地震が来る前、僕の夢はゲームを作る人になることでした。でも今は、何になりたいのかよくわかりません。ゲームや音楽やマンガや、大好きだったそういうものが、あの日、なんの役にも立たなかったことを思いだしてしまうからです。

悠海も紬を亡くしたから、少しはわかってくれるかもしれないと思って素直な気持ちを書きました。いつかまた会って、たくさん話をしましょう。　小松俊平

P.S.　地震の時は、悠海にキレてまってごめんなさい。あの時僕は冷静じゃなかった。わかってもらえたら嬉しいです』

地震の時きっと大丈夫だと言ったわたしに、なんでそんなことお前にわかるんだよと、セーターを掴まれたことを思いだす。やんちゃな男子が多い白砂小の中でもおとなしい部類で、人に暴力をふるったり汚い言葉を吐いたりするような子じゃないのは知っているし、というか、今の今までセーターを掴まれたことなんて忘れていた。

わたしは地震で紬を、あっくんはおばあちゃんを、しゅんくんはお母さんとおじいちゃんを亡くしている。それぞれの悲しみはそれぞれ違うもののはずだけれど、まったく覚悟もないままに突然大切な人を失うというところで、根っこはつながっている

のかもしれない。しゅんくんとは白砂小時代はそんなに深く関わったこともなかったけれど、同じ根っこを持つことでこれからもっと仲よくしていきたい。
次は、新潟(にいがた)の親戚の家で暮らしているという、としくんだ。

『福田悠海さま
久しぶりですね。僕の一家は地震のあと新潟の親戚を頼って引っ越し、今も新潟で暮らしています。仙台に戻りたいという気持ちは家族全員あるけれど、下に三年生と五年生の妹がいるので、しょっちゅう転校をして環境を変えたくないという気持ちが親にはあるみたいです。僕は地震のことを無神経に聞かれていやな気持ちになることはあるけれど、それ以上に新潟の中学で友だちがたくさんできたので、少なくとも中学卒業までは、このまま新潟にいることになりそうです。
地震の前、将来の夢は外交官と書きました。幼稚園の頃から英会話を習っていて、英語が得意だからそれを生かした仕事をしたいと思ったからです。でも今は、大学で地震の研究をしたい、と思い始めています。地球に住んでいる以上、地震をなくすことは絶対できないけれど、地震を予知する技術が進んだり、地震に強い建物を造ったりすることができれば、僕たちのような思いをする人が減るからです。でも英語の力を生かした仕事もやっぱりしたくて、今は将来の夢は考え中です。

悠海はあの時、先生になりたいと書いていたけれど、今はどうですか。いつか仙台で会うことがあったら、そんな話もしてみたいなと思います。それでは、どうかお元気で。

関山利樹』

クラスでいちばん勉強ができて、眼鏡がよく似合って、かといって勉強ばっかりのガリ勉タイプじゃなくて、みんなのやさしいお兄さんみたいだったとしくん。地震をきっかけに将来のことを真面目に考えるなんて、すごいと思った。わたしはあの頃もぼんやりとした夢しか描けず、今も将来のことにゆっくり思いを巡らすこともできないほど部活とテストとか学校行事とか、目の前のことに追われている。

あんな目に遭って、それでも後世に記憶を伝えるため被災地の写真を撮り続ける快司くんに、震災を機に将来の夢を作ったとしくん。わたしの元同級生は、すごい人たちばっかりだ。

次の手紙はこうくんだ。こうくんは彩希子の幼なじみで、わたしとあっくんみたいな関係。

『悠海へ

東京の生活はどうですか？　白砂にいた頃は毎日会ってたから、手紙を書くなんて初めてで、こうしてシャーペンを握っているとちょっと緊張してしまいます。

俺は今、仙台の仮設住宅で暮らしています。俊平や彩希子、美宇たちとも近所で、前よりも一緒にいることが増えました。仮設の家は狭いけれど、そこで暮らす人たちはみんな明るくて、じいちゃんやばあちゃんなんて毎日のように集会所に集まっておしゃべりしています。津波が来て怖かったことや苦しかったことや悲しいこと、ざっくばらんにしゃべれる場所があるからこそ、未来を向けるんだと思います。テレビは復興だの絆だのってうるさいけれど、本当の復興は、本当に未来を向くというのは、過去としっかり向き合わないとできないことだな、と感じます。

俺が一番心配しているのは彩希子のことです。彩希子はあれ以来、ちょっとした地震でもすごく怯えて手が震えたりするし、何をしていても今地震が来たらどうしよう、と思っているみたいです。幼なじみとして、俺も一生懸命励ましているつもりだけれど、きっとなんにもできていないと思います。

悠海もどうか彩希子のこと、これからも気にかけてもらえると嬉しいです。それでは、仙台に来ることがあったら、またみんなで会いましょう。　時岡晃太郎』

自分のことよりも幼なじみの彩希子のことを心配しているこうくん。やさしいな、いい子だな、と口もとがふっと緩んだ。それにしても、彩希子のＰＴＳＤはこうくんまでこんなに心配させるほどひどいんだ。こうくんは本当の復興は、過去としっかり向きあわないとできないことだと書いた。彩希子の心は、いったいどうしたら『復興』できるんだろう。それってすごく難しい。
そもそも、いったい何をもって復興というのかな。どうすれば復興した、と言えるのかな。道路が直って鉄道が通ることだけが復興なのかな。そんなことを少し考えてから、次の手紙を手に取る。差出人は、かずくん。

『悠海へ
おーい、東京で元気でやってるかー？　元白砂小六年生のみんなはほとんど同じ仮設住宅に入ったから、被災前よりも一緒に遊ぶことが増えたけれど、かえってない奴のことが気にかかるし、心配になるよ。
だって俺たち、同級生っていうよりひとつの家族みたいなもんだったもんな。そんな居心地のいい、あったかい場所からいきなり離れて全然別の土地で暮らすなんて、俺には想像もつかない。何かあったら、いつでも相談してこいよ！
そうそう、篤樹は別の中学に進んだんだけど、ひとりで東京に行った悠海のこと、すごく心配してる。でもそれ以上に俺は篤樹のことが心配。あいつ、地震のあとから一緒にいてもぼんやりしてたり、あまり笑わなくなったりしてるから。ばあちゃんを亡くしたことがすごく、篤樹の心の中で引っかかってるんだと思う。

親友の紬を亡くした悠海なら、篤樹の気持ちをわかってやれるかもしれない。だから遠く離れても、どうかこれからも篤樹とは仲よくしてやってください。と、篤樹の友人代表として、お願いします。

じゃあ、元気でやれよ！

野原一雅』

本当に、かずくんの言うとおり。わたしたちは同級生というより、ひとつのおっきな家族みたいだった。十二人の子どもたちに少し年の離れたお兄さんの武石先生、校長先生はさしずめお父さんといったところ。そんな家族の絆が、離れてもわたしのことを心から心配してくれる思いが、素直に嬉しい。

そして、かずくんもまたあっくんのことを思っていた。こうくんが幼なじみの彩希子を心配するように。あっくんも、ＰＴＳＤなのかな。こうくんがあんなに心配するくらい、ひどい状態なのかな。あっくんの手紙の封を切る時は、少しだけどきどきした。

『悠海へ
白砂にいた頃は毎日会っていたし、電話もときどきするけれど、こうして改めて悠海に手紙を書くなんてほとんど初めてな気がして、書きながらちょっと戸惑ってます。でもせっかくだから、正直な今の気持ちを書こうと思います。

あの日から俺は週に三回は、地震の夢を見ます。津波が襲ってくること、ヘリコプターで吊るされて救助されたのが怖かったこと、そしてばあちゃんのこと。あの日、あの朝、喧嘩したままばあちゃんと別れてしまったことが、今も俺の心の中で深い傷になっていて、どうしたらその傷が癒えるのか、ちっともわかりません。

電話でも言ったけど、本当にあの時、ちょっと遅刻してもいいから、家に戻ってばあちゃんにちゃんと謝ればよかった。ひどいことを言ってごめんって、ひとこと、言えばよかった。ただそれだけのことが言いたかったのに、言えなくて、永遠に言えないまま。人が死ぬってそういうことなんだな、って初めてわかりました。

紬のことを思いだすと、やっぱりつらいです。俺ら、三人きょうだいみたいにして育ったから。毎日一緒に遊んで、駄菓子屋ですんごい身体に悪そうなどぎつい色の飴(あめ)食べて、夏はみんなで海水浴して、地区別対抗運動会では運動が苦手な悠海と紬を、一生懸命励ましたりして。紬が思い出の中にしかいないことが、とても悲しいです。

俺たち、いつかは乗り越えられるのかな。この悲しみも苦しみも、いつか大人になったら、あぁ、あの時あんなつらいことがあったから今がある、そんなふうに思えるのかな。そんなものなのかな。

でもそれはそれで、ちょっと悲しい気がする。だってそれって、ばあちゃんが生きたことも紬が生きたことも、過去になってしまうことだから。

そう思う俺は、少しひねくれてるのかもしれません。

あまり楽しい手紙でなくてごめんなさい。でもこれが今俺が悠海に伝えたい、正直な気持ちです。今度仙台に来たら、いっぱい話そうな！

井澤篤樹』

予想どおり、あっくんはひどい言葉をおばあちゃんに投げつけたまま永遠に別れてしまったことを後悔していた。あっくんの心の傷は深く深く、簡単に塞がるものじゃない。たとえ癒えてかさぶたになったところで、日常のちょっとしたことを引き金に古傷が疼くんだろう。それを思うと、わたしまで悲しくなってしまう。

でも、あっくんが紬が思い出の中にしかいないことがとても悲しいって、そう思ってくれているのはよかったな。もし地震が起こってなくて卒業式に紬があっくんに告白したところで、あっくんはOKはしなかったと思うけれど、少なくともあっくんにとって紬は大切な存在だったんだ。

紬にこの手紙を読ませてあげたい。そう思いながら、最後の手紙を手に取った。武石先生からの手紙だ。

『福田悠海さま

元気ですか？　いちばん遠く離れたところに行ってしまい、なかなか白砂に帰ってこられない悠海のことを、先生もみんなもとても気にかけています。悠海は授業中も決して自分から積極的に意見を言うタイプじゃなかったけれど、なんでも根気強くやれる子です。東京では吹奏楽部に入ってフルートを吹いていると聞きました。悠海のことだからきっとフルートも頑張って、すごく上達しているんでしょうね。

震災のあと、先生にもいろいろなことが起こりました。津波で一階部分がめちゃくちゃになった白砂小学校は使えず、別の小学校を間借りして授業を行っています。震災で傷ついた子どもたちの心のケアや、また同じようなことが起こらないようにするための対策など、やらなくてはならないことはたくさんあります。大変なことがいっぱいあったけれど、いいこともありました。

悠海やみんなも知ってると思うけれど、先生には前から好きな人がいました。その人とこの春、結婚しました。お腹には赤ちゃんがいて、秋には生まれてきます。

震災で多くのものを失ったけれど、震災によっていちばん大切なものが何かということに気づけました。余震でぐらぐら揺れる中、必死で迫りくる津波からみんなを守ろうとしていたあの時、先生の心の中には彼女は無事だろうか、そのことばっかりがぐるぐるしていたんです』

そこまで読んで、便箋をダイニングテーブルの上に伏せて置いた。それ以上、読みたくなかった。読んでいられなかった。

「どうしたの？」

わたしの顔はきっと真っ青になっていたんだろう。キッチンカウンターの中からお母さんが声をかける。

武石先生のことが好きだったなんて、そしてたった今失恋したなんて、紬以外の誰にも知られたくなかった。もちろんお母さんにも。

「なんでもない。宿題、やらなきゃ」

テーブルの上に散らばった手紙を束にして集め、自分の部屋へ持っていく。後ろ手でドアを閉めた次の瞬間、わたしはぺたんと床に座りこんでしまった。手紙の束を、胸の前に抱いたまま。

武石先生からの手紙を読み返してみる。何度読んでも同じ。そこには、先生が結婚したこと。もうすぐ赤ちゃんが生まれることが書いてあった。

『悠海ちゃん、どうしたの？』

学習机の上から紬が声をかける。

「武石先生、結婚したって」

『え』

紬の声が上ずった。絶句、というやつだ。

「赤ちゃんも生まれるんだって。秋に」

『……悠海ちゃん、大丈夫?』

首を振ると涙が溢れてきた。

おめでとうと素直に言えないことが悲しかった。

叶わない恋だってわかってたけれど、永遠に手の届かないところに先生が行ってしまうことが悲しかった。

こうなってみて初めて、自分がどれだけ武石先生を好きだったかわかった。

「紬。わたし、ひどいのかな」

『なんで?』

「武石先生に結婚してほしくないって思ってる。武石先生が結婚やめたからって、自分が武石先生と付き合えるわけなんて、絶対、ないのに」

『それは。当然、考えることだと思うよ』

「わたし、先生に伝えておけばよかった。受け入れてもらえなくても、困らせるだけでも、好きだって言っておけばよかった。叶うとか叶わないとかじゃなくて、好きな人に好きって言うって、とてもすごいことなのにね」

こうなってしまったら本当にもうとても言えないけれど、やっぱり武石先生に知っておいてほしいと思った。

生まれて初めて好きになったのがあなただったたって。

こんなにあなたのことが好きだったんだって。

『悠海ちゃんの、泣き虫』

手さぐりで言葉を探して、やっと見つけたものを口に出したというように紬が言う。

「泣き虫って言わないでよ」

泣きながら言って、言いながらわかった。

紬は励ましてくれてるんだ。いつもの紬のやり方で。

『泣くくらいなら、今からでも先生に告白すれば？　あなたのことが好きなんです、結婚なんてしないでくださいって』

「それができるなら、とっくにしてるよ。それにわたし、先生と別に付き合いたいわけじゃないの」

『じゃあ、どうしたいの？』

「いつまでも武石先生の生徒でいたかった。卒業なんかしないで、ずっと小学校六年生でいたかった。もちろん地震なんて起こらないで、平和な白砂の街で、先生と、紬と、みんなと、ずっと一緒にいたかった」

　涙がぽたりぽたり、溢れてくる。言葉にした自分の本当の感情が切なすぎて、心臓が破裂しそうだった。

　紬はしばらく黙ったあと、こう言った。

『それは、絶対叶わない夢だね』

「うん」

『でもそれは、悠海ちゃんの夢だけじゃなくて、私の夢でもあるよ。私の夢はもう、過去の中にしかない。悠海ちゃんと違って、未来がないもん』

　喉の奥をぎゅっと掴まれたような苦しみに、わたしは言葉をなくす。

　死ぬって、未来がなくなることだ。そんな紬のつらさを、わたしは今までちゃんと思いやれていただろうか。

『悠海ちゃんは、近い未来に必ず恋をするよ。悠海ちゃんのこと好きって言ってくれる人が、絶対現れる』

「なんでそんなの、断言できるの」

『この私が断言するんだから、絶対だよ』

「何それ。意味わかんない」

　紬が笑って、わたしも笑った。涙はまだほっぺたにくっついたままだった。

夕食のメニューは春海の好物のクリームシチューにシーザーサラダ、かぼちゃの煮物とオニオンスープ。食欲なんてちっともなかったけれど、ご飯を食べるとだいぶ落ちついた。

お父さんとお母さんはみんなの手紙を読んで喜び、まぁ武石先生結婚するのねと、素直な祝福の言葉を口にした。わたしも微笑んでよかったね、と言うことができた。

心の奥はまだじくじく、膿を出している。でもわたしはきっと立ち直れるだろう。

だって、武石先生と付き合うことすら叶わなかったけれど、先生と元教え子という立場はこれから一生変わることはない。これから会う機会は、いくらでもある。震災で大切な人を永遠に失ってしまう苦しみに比べれば、これぐらい大したことないのだと無理なく思えた。

「ねぇ、これって失恋って言っていいのかな？」

ご飯のあと、部屋に戻って紬に言うと変な声が返ってきた。

『何、それ。失恋に決まってるじゃん。好きな人が結婚するんだもん。それって、失恋以外の何物でもないでしょ』

そう、確かにわたしは、武石先生のことが好きだった。とてもとても好きだった。

でもその気持ちを紬以外の人に打ち明けたこともなかったし、先生とわたしの間に当然ながら、先生と生徒以上の何かが芽生えることもなかった。

「そうなんだけど。仮に失恋だとして、わたしの失恋て、すごーくレベルが低い気がするんだよね。今年のはじめ、文香が彼氏にフラれたこと覚えてる？」

『覚えてるけど……』

いつも明るい文香が学校であたりもはばからず涙を見せるものだから、ただただ戸惑ったし、東京でできたいちばん仲のいい友だちのはずなのに、何もしてあげられなかった。

彼氏ができること、付き合うこと、その人から別れを告げられること。どれも経験がなくて、文香の悲しみを全然想像できなかったんだ。

「あの時だってわたし、文香になんにも言ってあげられなかったもん。エリナとか菜緒美とか紗羽子とか、ちゃんと励ましてあげられてすごいなって思った。わたし、未だに付き合うなんてよくわからないし」

『別に悠海ちゃん、レベル低くないよ。普通だよ。中学生で普通に男の子と付き合っちゃう、東京の子たちのほうがおかしいんだよ』

「そうかな」

『だからー！　悠海ちゃんや私の歳だったら、人を好きになることや男の子と付き合うことが、よくわからないのがあたりまえだって……て、もう、悠海ちゃんは私の歳じゃないんだよね。一歳、お姉さんなんだ』

そう言われると紬とわたしの間にある、死者と生者の距離を思い知らされた気がして言い返したくなる。こうして話せていても、そばにいても、震災前と一緒じゃない。紬は前は、こんな小さな身体じゃなかった。動くこともできたし、体温もあった。

「紬だって、一年こっちいたじゃない？　幽霊だって成長してるよ」

『そうかなぁ』

「そうだよ」

そこで少しの間、考えこむような間があった。

『悠海ちゃんはいいなぁ。失恋、できて』

「何それ。失恋なんて、悲しいだけだよ。しないほうがいいに決まってる」

『でもね、私なんてもう、失恋すらできないんだよ。悲しいことや苦しいことも、生きているからこそ味わえる感情なの。それすらないって、やっぱり、寂しいよ』

今度はわたしが黙りこむ番だった。

あっくんがおばあちゃんにごめんなさいを言えなかったことを今でも後悔しているように、紬も今でもあっくんに好きですと言えなかったことを後悔しているんだ。紬は失恋を「いいな」と言った。それはたとえ告白した結果失恋したとしても、紬にと

ってはその痛みさえも、いつか愛しく抱きしめていく思い出になるはずだったという
ことだ。でも、死んでしまったらそれすらも叶わない。

「紬が好きだったよ、ってあっくんに伝えたほうがいい？」

『それは、やめて』

即答だった。

「なんで？」

『なんでも。悠海ちゃんが武石先生に好きって伝えなかったのと、同じ理由だよ』

「……そか。わたし、宿題、やるね」

失恋しても普通に勉強に集中できていること、泣いたのはあの時だけで今はもう流
す涙はないこと、ベッドに入ったらすうっと眠れてしまうことが、自分でも不思議な
くらいだった。

でも、こんなに平気でいられるのは、悲しい出来事を共有できる相手がそばにいる
から。紬の存在に、わたしはすごくすごく救われているんだ。

次の日、朝練を終えて教室に入ると、新村くんに声をかけられた。

「福田。昨日は、ごめんな」

いつもはへらへらしている顔が珍しく、強張っていた。茶色い髪が窓から入ってくる朝日を透かして、ところどころ金色にきらめいている。

「それ、先生に怒られたから謝ってるの？」

「――ちげーよ。俺が謝りたいから、謝ってるの」

本物の感情が言葉の色から伝わってきて、本気でこの人は反省してるんだと思った。本気には本気で答えなければいけない。

「新村くん。津波って、ほんとに家が流されるんだよ。家が、だよ。あんな大きなものがこうして右から左へ、すうって」

手をかざして説明すると、新村くんの目がわたしの指先を見た。わたしは続ける。

「そしてね、津波って音はしないの。音もなくすーって、不気味な真っ黒い水の塊がやってくるの。でもね、夜通し、瓦礫が校舎を叩く音がずっとしていて、それが本当に怖かった。また津波が襲ってきたらどうしよう、今度こそもっと大きな波がやってきてこの校舎ごと飲みこんじゃうんじゃないかって、すごく不安だった。電気もない真っ暗な校舎で震えながら毛布や卒業式の紅白幕や教室の暗幕にくるまって、ヘリコプターで救助されるのを待ってたの」

「……大変、だったんだな」

東京に来てから初めて、地震のことを被災者以外の人にちゃんと話した。

話したら聞かされたほうも困るだろうし、言った自分もその時のことを思いだしてつらくなると思った。

でもわたしは今、どうしてかわからないけれど清々しい気分でいる。心の中に積もり積もっていた澱のようなものの中に、一陣のみずみずしい風が吹いていったよう。

語ることで、つらくなって泣きだしてしまう人もいるだろう。

でも、語ることでこうして救われることもあるんだ。

「昨日はね、すごく腹立ったよ。地震のこと面白半分に笑いながら聞かれて、すごくいやだった。悲しいんじゃなくて、あまりにムカついて、涙が出た」

「ほんと悪ィ」

「でもね、よく考えるとちょっと、嬉しいなって」

「嬉しい？」

新村くんが目を丸くした。いつもチャラチャラしている顔が、中学二年生らしいあどけなさを残しながら、真摯にわたしと向きあっていた。

「新村くんの知りたい、って気持ちが嬉しかった。たとえ興味本位だとしても、好奇心だとしても、興味を持ってくれることが嬉しかった」

新村くんのくっきり二重の目がわたしをまっすぐ見つめていた。このヘラヘラしたチャラい子も、こんな目をすることがあるんだと初めて知った。

「だから。また、震災のこと知りたくなったら、いつでも聞いてね。わたし、教えるから」

「お前って。すごいんだな」

「なんで？　全然、すごくないよ。普通の子だよ」

笑って言うと、新村くんもやっと微笑んでくれた。その時新村くんの隣の席に里中(さとなか)くんが登校してきて、机の上にカバンを置く。

「おはよう。福田さんと新村、仲直りしたの？」

「うん、たった今」

「よかった。ねぇ福田さん、今ちょっと、いい？」

「ちょっと、って？」

里中くんがいきなり身体を近づけてきて、心臓がどきっと強張った。耳に触れそうな距離で、形のいい唇が動く。

「ちょっと、一階の家庭科室の前まで来てほしいんだ。僕が先行くから、一分か二分かしたらあとで来て。一緒にいるとこ見られて、冷やかされたりしたら困るだろ？」

そう言って、じゃあよろしくと爽やかな笑顔を添え、里中くんは教室を出ていく。

えっと、これってどういうこと？　一階の家庭科室の前は特別教室エリアの中でも静かでほとんど人気がないから、うちの学校では有名な告白スポット。そこに呼びだされるって、どう考えても、そういう理由しか思いつかない。

いやでも。まさか、里中くんがわたしのことを……なんて、ありえないでしょう。

「ごめんね、急に呼びだしちゃって」

家庭科室の前に行くと、里中くんは廊下に貼りだされた『うちの自慢レシピ』という課題のレポートを見ていた。壁一面にずらり、トマト肉じゃがとか夏野菜カレーとか、みんながひとりひとり考えてきた、それぞれの家庭のオリジナルレシピが貼りだされている。

「ううん。全然、いいんだけど。でも、突然どうしたの？」

「単刀直入に言うね。僕と付き合ってほしいんだ」

里中くんは笑顔のままだけど、確かに緊張しているらしくテノールの声が上ずっていた。

改めて、目の前の里中くんを見る。色の白い整った顔は特別目を惹く感じではないけれど、パーツのひとつひとつが綺麗で、よくよく見るとちゃんと恰好いい。ひとつも校則違反のない制服の着こなし、バレー部で鍛えたしなやかな筋肉のついた腕が夏服のカッターシャツの下からすっと伸びている。

生徒会に入っている里中くんは、不良っぽい子がモテる思春期にあっては決して女の子に人気のあるタイプじゃないけれど、とっても素敵な男の子だ。その素敵な男の子が、わたしにこんなことを言っている。

「福田さんのこと、ずっと気になってたんだ。ていうか、好きになった。小学校の頃も好きな人はいたけれど、こんなに人を好きになったのは初めてなんだよ」

「……そう、なの」

すっかり動揺していた。里中くんがそんなふうにわたしのことを想ってくれてるなんて、ちっとも気づかなかった。確かに里中くんは勉強でわからないところがあると教えてくれるし、忘れ物があると貸してくれたりする。やさしいな、とは思っていたけれど、わたしにだけ特別やさしいわけじゃなくて、他のみんなに対してもそうだと思ってた。

英語の過去形の文法を教えてくれるやさしさにそんな意味が隠れてたなんて。

「これ、僕の携帯のアドレスと番号。今すぐ返事しなくていいから、気持ちが決まったら、ここに連絡してきて」

ブルーの罫線（けいせん）が入ったシンプルなメモ用紙に、綺麗な字が礼儀正しく並んでいた。渡す里中くんよりも、受けとるわたしのほうがきっと、ドキドキしていた。

「本当に、今すぐじゃなくていいよ。どれだけ時間かかってもいいし。でも、ちゃんと考えてほしい」

「わ、わかった」

里中くんが教室に戻り、二分してからわたしも戻った。静かな特別教室エリアの廊下に、上履きが立てる音がやたら大きく響いた。

その日は一日じゅう、里中くんのことが気になって仕方なかった。一時間目の数学も二時間目の社会も教室移動して三時間目の音楽の間も、ずっと里中くんのほうを見てしまう。ただでさえ里中くんの席はわたしの斜め前だから、授業中はすっごく見えやすい。つるんとまぁるくカットした黒髪が、昨日までより輝いていた。

これってきっと、意識しちゃってるってことなんだろう。それまではなんともなかった人なのに、好きだって知った途端、恋が動きだす。そんなこともあるのかもしれない。

ていうか、待って。この気持ちってほんとに、恋？

「紗羽子はさー、里中くんのどこが好きなわけ？」

昼休みの教室で声を潜め、文香が言う。紗羽子がぽっと頬を赤らめ、いつもはボーイッシュなキャラクターなのに急にかわいい女の子になった。

「どこって。里中くん、すごくいいじゃん。素敵なとこたくさん、あるでしょ？」

「どうして？　あたしだったら新村かなぁ」

「えぇ菜緒美、趣味悪いよ！　新村ってめっちゃ性格悪いじゃん。昨日だって悠海のこと、泣かせたし」

憤慨しながら言う文香にそうでもないよ、と言った。内心、めちゃくちゃ動揺していた。今このタイミングで、里中くんの噂話なんてしたくない。

「真面目な話。紗羽子は里中くんのどこに惚(ほ)れたわけ？　一年の頃からずっと好きでいるなんて、なかなかすごいことだよ」

　恋愛に関してはいちばん進んでいるエリナが言う。エリナは中二になってから本格的にメイクを始め、今も長い睫毛をさらにくるんと魅力的にカールさせ、瞳はアイラインでしっかり縁どられていた。

「うーん、やっぱり、やさしいところかな。それに、キラキラしてる」

　そう言う紗羽子の目こそ、キラキラしている。

「キラキラって？」

「生徒会の仕事でみんなの前に立つ時とか、すっごくキラキラしてて、恰好いいよ。イキイキしてるっていうのかな。あと、部活やってる時！　サーブ打つ時なんてほんと、オーラがキラッと光るんだから」

　うっとりと好きな人のことを語る紗羽子を見て、罪悪感がぶわっと心に広がる。

言えない。その里中くんから告白されたなんて、絶対に紗羽子には、いや紗羽子以外の友だちにも言えない。誰かに言ったらみんなに広まる。そして紗羽子に伝わってしまう。

さっき、一瞬でも里中くんに恋を感じてしまった自分をひどく恨めしく思った。紗羽子を裏切るなんて、絶対ダメだ。そんな裏切り行為、絶対に許されない。紗羽子の気持ちを知っておいて里中くんと付き合ったりしたら、その日から卒業までずっと、シカトという終身刑が待っている。


「紬。いったい、どうすればいいのかな。紗羽子を裏切るなんて、できないよ」

家に帰ってから紬に相談した。春海がアニメのオープンニングに合わせて歌う声とお母さんが包丁で何かを刻む音が壁越しに聞こえている。

『紗羽子ちゃんのことは、まず置いとくとして。悠海ちゃんは、どうしたいの？』

「どうって……」

『里中くんのこと好きなの？　付き合ってみたいって思ってるの？』

中二になってもわたしは相変わらず、エリナや文香たちからだいぶ遅れを取っていて、恋に関しては本当に鈍感だ。今まで男の子に抱いた恋といえば、武石先生への淡い初恋だけ。好きな人がいるとして、その人と付き合ってみたい、という感覚自体がよくわからない。

「そんなふうに考えたことない」

『だったら里中くんにそう返事したら？』

「う―ん。でも、言いづらいよ」

『ちゃんと返事しなかったら、里中くんに失礼だよ』

「そうだよね……」

改めて里中くんの白く整った顔を思い浮かべる。紗羽子があんなに惚れこむのも無理はない。本当にわたしにはもったいないくらい、素敵な男の子だ。

断ったらクラスで会うたび、気まずくなるだろう。目を合わせることも今までどおり話すことも、勉強を教えてもらうことも苦痛になるだろう。

それでもやっぱり、こんな中途半端な気持ちで里中くんの真剣な気持ちに応えることなんてできない。

「紬。好きって、なんなんだろうね？　どうして、人は人を好きになるんだろうね？」

紗羽子が里中くんを好きな気持ち。里中くんがわたしを好きな気持ち。

すごくすごく人を好きになること、理解できないけど、理解したいと思う。

『わかんないよ、そんなの』

「紬、あっくんのどこが好きだった？」

『どこって。そんなの、全部だよ』

「全部」

あっさりそんなことを言うので言葉に詰まった。だって、全部が好き、って。

『サッカー一生懸命やってる時とか。算数が得意で国語が苦手なところとか。たまに乱暴な言葉使いになる時とか。もちろん顔も、とにかくあっくんの全部が好きだったな、私……そういう悠海ちゃんこそ、武石先生のどこが好きだったの？』

「うーん。白いジャスが格別に似合うところかな」

『それだよ、それ。人を好きになるってきっと、そういうことだよ』

うまい言葉になんてできない。きっと正解もない。

それでも、紬の言いたいことは伝わってきた。

人が人を好きになるって、なんて素晴らしいことなんだろう。

「でも、さ。それにしてもわたしなんて、どこがいいんだろうね？　エリナとか文香ならわかるよ、かわいいし。でもわたしなんて顔は全然かわいくないし、勉強は国語以外普通だし、運動神経悪いし。なんも取り柄ないのに」

エリナはひとつ上の先輩と現在お付き合い三カ月目だ。先輩の前にも付き合ってた人いるし、小学校の時も彼氏がいたっていう。文香も今付き合ってる子がいるし、菜緒美はまだ誰とも付き合ってないけれどふたりに告白されたことがある。紗羽子は告白こそされてないけれど、紗羽子のことを好きだって噂がある男の子をふたりくらい知っている。本当に東京の子は進んでるなぁと思う。

里中くんにしたって、だ。好きな人がいてその人に告白するなんて、すごいことだ。いや、紬だってそのすごいことをしようとしていたわけだけど。

『悠海ちゃんは、かわいいよ』

紬が言う。表情ひとつ動かせないはずのうさぎのぬいぐるみが、うっすら微笑んでいるように見えた。

「お世辞なんていいって」

『お世辞なんかじゃない。ほんと、悠海ちゃんはかわいい。真面目だし、頑張り屋だし、一生懸命だし』

「それ、かわいいって言う？」

『言うよ。顔が綺麗とかスタイルがいいとかじゃなくて、そういうのもかわいさのひとつだと思うよ。だから悠海ちゃんはじゅうぶん、かわいい』

里中くんにはひどいかもしれないけれど、生まれて初めての告白をされた時より、紬にかわいいと言われた今のほうが嬉しかった。

真夜中二十三時、お父さんと春海は寝ていて、お母さんはリビングで内職をしていた。パソコンのキーボードをカタカタ叩く音だけがＢＧＭの家の中で、わたしは玄関に置いてある電話の前に立ち、緊張で今にも震えだしそうな手で受話器を上げる。

『もしもし』

学校で聞くのと同じ、やさしいテノールの響きが電波に乗って耳に流れこんでくる。

言うことは決まっているから、ふいに悲しくなった。里中くんがわたしを好きになったのと同じくらい、わたしも里中くんを好きになれたらいいのに。

「もしもし。ごめんね、こんな時間に」

『いやいいよ、僕もさっき、ご飯食べたところだから』

「こんな時間にご飯食べるの？」

『塾から帰ってくるのが二十二時くらいだからね。そのあとご飯食べてちょっとゆっくりしたら、いつもこんな時間になっちゃう』

里中くんは生徒会役員にふさわしく、バレー部のエースだけじゃなくて成績もいい。でも、その頭のよさがこんな時間まで塾で勉強している、たゆまない努力に裏打ちされたものだと思うとため息をつきたくなるほど感心した。

「あの、ね。里中くん」

『うん』

肝心な話を切りだそうとすると、電話の向こうの声がちょっと硬くなる。つられてわたしの受話器を握る手にも、汗がにじむ。

「すごくすごく考えたけど、里中くんと付き合うのは、無理。ごめんなさい」

『……そう言われるって、なんとなく覚悟してた』

里中くんは小さく微笑むから、強張っていた心が少しだけ楽になった。

素晴らしいギフトを突っ返したわたしに、この人はなんでこんなにやさしいんだろう。

「覚悟してたの？　どうして？」

『福田さん、僕のこと全然好きじゃないの、わかるもん』

「じゃあなんで好きって言ってくれたの？　普通は、付き合える見こみがあるから告白するものじゃないの？」

『うーん。でも、相手が自分のことを好きだって知ってから、気持ちが動きだすこともあるだろ。ちょっとそれに期待してたかな。けど、無理だったみたい』

里中くんはまた笑う。

確かに気持ち、動いたよ。

昨日失恋したばっかりなのに、今日は一日じゅう里中くんのこと考えてたよ。

恥ずかしいくらいあなたのこと、意識してたよ。

そんなことはもちろん、伝えられない。

『ひとつだけ、聞いていい？』

「うん？」

『福田さん、今、好きな人いる？』

反射的に武石先生のことを思い浮かべた。もう結婚してしまう人。あと何カ月かしたら、お父さんになる人。武石先生ならきっと、素敵なパパになるだろう。

「いる。ていうか、いた。今はよくわからない」

『何、それ』

「確かに好きだったけど、その人のこと好きだってことすら忘れるくらい、遠いところにいる人だったの。だからもう可能性が一ミリもないってわかっても、そんなに悲しくはなかったかな」

『そっか。福田さんも失恋、したんだ』

『も』とさりげなく使われる助詞に、胸がずきんと疼く。改めて失恋してしまった事実と、里中くんを失恋させた事実が痛みという形になって心臓をふくらませた。

「わたしたち、失恋仲間だね」

『そうなるね』

「わたしが言うのもムシがいいけど。明日からも学校で仲よくしてほしい」

『もちろんだよ』

そう言って、お互い小さく笑いながら電話を切った。リビングにいるお母さんのほうを窺う(うかが)と、キーボードの音が断続的に聞こえていた。お母さんはわたしにこんな時間に誰と遅くまで電話してるの、とは言わなかった。ちゃんと、わたしたちの会話を聞いていたんだと思う。

『悠海ちゃん。よく、頑張ったね』

パジャマの胸ポケットに入れていた紬が、部屋に入るなりそう言った。わたしは窓を開け、夏の初めの風を部屋の中に入れる。あの夜見たのとはまったく違う、裾のほうがうすぼんやりと明るくて星がちっとも見えない、東京の夜空。でも真ん中には満月にほど近い月が真珠みたいに光っていて、同じ月を紬が見ていることに救われた。

紬だけじゃない。里中くんも、武石先生も、あっくんも、元白砂小のみんなも、その他わたしの大切な人みんなも。

同じ月で、つながっている。

「紬。わたし、恋をしてよかった。恋をされてよかった。なんか、昨日と今日で一気に五年分ぐらい、大人になったみたいだよ」

『――ほんとに、悠海ちゃんはどんどん大人になっていくね』

そう言う紬の声が寂しげだったのが少し気にかかったけれど、その理由を聞いてはいけない気がして、わたしは部屋に舞いこんでくる夜風と月明りを全身で感じていた。

第五章　初めての喧嘩と、初めてのデート

その日から、二年と十カ月。

東京の冬は仙台よりもあったかいって聞いていたけれど、どこもかしこもコンクリートだらけの灰色の街は寒さをより増幅させる。春から高校生（受験に無事合格すれば）になるわたしにとって、東京で経験する三回目の冬だった。

でも何度経験しても、いつ襲ってくるかわからない余震と同じで、その冷たさに慣れることはない。

「ヤバッ、今日鬼寒い！　自転車とかまじしんどいわ」

年が明けて三日目。文香と同じ塾に通うわたしは、日が落ちた薄暗い闇の中、自転車で家路を急いでいた。息を吐くたび、白い塊が口から溢れだす。

文香とこんなふうに話すこともあと三カ月もない。春から福田家は仙台に戻り、わたしも仙台市内の高校を目指しているからだ。お父さんはいよいよ福田ベーカリー再建に向けて動きだすぞと、頑張っている。

「ほんとありえないよねこの寒さ、雪降りそう」

「降るんじゃない？　あーもうほんと無理、まじ死ぬっ！」

一瞬、ふたりの間の空気が文字どおり凍りつく。しばらくして文香が蚊の鳴くような声でごめん、と言った。

「ごめん、悠海。悠海の前で死ぬとか……」

「ううん、いい。それでいい。いいんだよ、わたしに変に気を遣わなくて。死ぬとか死にたいとか死にそうとか冗談で言っていいし、血がいっぱい出て無残な死に方する映画の話とか楽しそうにしていい。わたし、みんなに普通にしていてほしいんだ」

「……悠海は、それでいいの？」

マスカラで彩られた瞳がおそるおそるといったようにわたしを見る。自転車を漕ぎながら少しだけ、背筋を伸ばした。

「いいんだよ。文香たちにとってはそうじゃないかもしれないけれど、『被災者』って何も特別じゃないの。確かにわたしは家を流されて友だちを亡くして故郷を失って、文香たちからしたら想像もできない経験をしてる。でもそれはたまたまわたしがそうだったってだけで、もしかしたらこれから文香やエリナたち、みんなも経験することかもしれない。わかるかな？　どうしたって『被災者』とそうでない人たちは違う、でも中身はまったく特別じゃないの。わたし、文香たちと同じ普通の十五歳の女の子なんだよ」

「──うちら、間違ってたかな？　悠海への接し方」

文香の言う「うちら」とは、エリナや菜緒美や紗羽子、普段一緒に遊ぶみんなのことを言っているんだろう。あの日、わたしのことを扱いづらいとか面倒臭いとか言っていた子たち。

あの日から前と変わらない顔で、みんなに笑いかけるのがつらかった。今ここでそう言うことはできないけれど、とてもとても、つらかった。

「少し、そうかもね。でも大丈夫。仙台に行ってもわたしたち、ずっと友だちだもん。今までよりこれからのこと、考えよう」

文香がちょっと潤んだ目でありがとう、と言ってくれた。


『悠海ちゃん、ちょっと成長したね』

文香の家はわたしのアパートから自転車で五分の距離にある。南欧風のオレンジ色の壁が綺麗な一軒家の前で別れたあと、紬が話しかけてきた。

三年生になってもわたしは相変わらず、紬を毎日持ち歩いている。私服でも胸ポケットのある服を着ていると、人気のない場所ではいつでもこうして紬と話せて便利だ。

「なんのこと？」

『文香ちゃんのことだよ。文香ちゃんにしっかり自分の気持ち、伝えられた』

「あと三カ月もこっち、いられないもんね。最後まで扱いづらくて面倒臭い子のままでいたくないし」

今だからわかる。腫れもの扱いするばっかりで地震のことを決して口に出さない文香たちの接し方も間違ってたけれど、わたしだって間違えてたんだ。

自分で自分を特別にして、自分で自分を生きづらくしていた。

「泣いたって笑ったって、わたしは『被災者』なんだし。だからこれからは震災に遭ったことをひた隠しにしたりしないで、強く生きていこうと思う」

『それ、すごく素敵な考えだね』

「ほら、家ついたよ。またあとで」

ぽんぽんとコートの胸ポケットを軽く叩いた。これがいつのまにかわたしと紬との間に出た、また必ず話そうね、の合図。

ドアを開けると、玄関に見慣れない靴が置いてあった。元は白だったものが汚れてしまったような薄ねずみ色で、明らかに男もののサイズ。お父さんはこういう靴は履かない。

「おかえり」

迎えてくれる声に、目を見開く。きっとコートのポケットの中で、紬も驚いていたと思う。

「あっくん!?」

「なんだよその、幽霊でも見てるような顔」

「今日だっけ、うち、来るの」

「今日だよ。忘れてたのかよ」

よく見ると、あっくんの靴の隣に三センチくらいの控えめなヒールのパンプスが置いてある。これはきっとあっくんのお母さん、奈津子さんのものだ。

「悠海、塾帰りだろ? お疲れ様」

「そういうあっくんは勉強しなくていいの? あっくんだって受験生のはずでしょ?」

「俺は中高一貫の私立校行ってるから、高校受験ねーの」

「あ、そっか」

靴を脱ぎながら、目の前にいるあっくんをしげしげと観察する。背、すごい伸びた。白砂小にいた時はわたしより低いくらいだったのに、今は頭ひとつ分高いところに目がある。声はあまり変わってないけれど響きは前よりも深く穏やかで、これが変声期ってやつなんだなと思ってしまう。

ただの幼なじみがいきなり男の子になってしまって、ちょっと戸惑った。

「おかえり、悠海」

リビングにはお父さんとお母さん、春海に、そして奈津子さん。奈津子さんの隣にあっくんが、お母さんの隣にわたしが腰掛ける。狭いダイニングテーブルは六人でいっぱいになって、わたしが勉強部屋から持ってきた椅子とパソコンスペースの椅子を二脚追加して使っていた。

「いいなぁ。あっくんは受験、なくって。わたしも私立行けばよかった」

「よくねぇよ、あんな中で入学式で、校舎のあちこちが壊れてるのに授業やって。本当に大変だったんだぞ。余震もすごい来るし。もう、あんまり地震が多すぎて今の震度がいくつぐらいかって、だいたいわかるようになったからな」

伯父さんの家に落ちつくまで、避難所での生活がいかに大変だったかを思いだす。電気がついただけで、感動したこと。いつ体育館の照明が落ちてくるかわからなくて、怖かったこと。年頃の女の子がひとりで行動してると危ないからって、ずっと彩希子たち五人で一緒にいたこと。津波の夢を見て夜中に泣きながら起きだす人がいたこと。

あっくんには話せないけれど、地震のショックから突然生理が始まった時は本当に大変だった。生理用品がすぐ手に入らなくて、トイレットペーパーを何十枚も重ねて使ってたっけ。

「テレビでは被災地の人たちは仲よく支援物資を分けあっています、争いなんて起きてません、って報道してたけど、実際は違ったよな」

「炊きだしなんかがあるともう、戦場だったよね。被災した人、被災して家があるけど食べ物が手に入らない人、人が集まりすぎて。喧嘩もいっぱい起こってて、大人って汚いな、って思った」

「風呂は入れないし着替えもできないし、大切な人が亡くなって明日からどうすればいいのかわからない環境で。そんなことなんて今までなくって、異常な生活にいきなり放りこまれて、みんな心に余裕なかったよな。ずっとイライラしてた気がする。だからこそ、人間の本性みたいなのが出ちゃうんだろうな」

「まぁ、悪いことしかなかった、ってわけじゃないけどね。一週間目だったっけ。炊きだしでカレーライスとスープが出て、すごい嬉しかった」

「覚えてる。あの味は一生忘れらない。悠海なんて、泣いてたよな」

「それまで乾パンとか冷たいおにぎりばっかりだったもんね。あったかいものってなんであんなに、心を溶かすんだろうね」

今、わたしたちはあたりまえにあったかいお茶とお菓子を囲んでいるけれど、それがどれだけ幸せなことか、震災を通じて知った。だからって地震が起きてよかった、だなんて絶対思わないけれど、震災が起きたからこそわかったことはたくさんある。

「仮設に入れた時は本当にホッとしたよ。今まで住んでた家よりずっと狭かったし自分の部屋もなかったけど、それでもありがたかった。全然知らない人の目の前で、こそこそ着替えなくてすむって、ただそれだけで」

「あっくん、今は仮設出たんだっけ？」

「二年生の後期までいた。今は街のほうのアパートで暮らしてる」

「でも、悠海ちゃんも大変ね。東京に来て、今までまったく知らなかった人たちの中で新しい生活始めるなんて」

奈津子さんがぬるくなったお茶をすすりながら言う。湯呑を包む両手は指が細くて長くて綺麗。

「今思えば避難所での生活は本当に不便で、何日もお風呂に入れないし下着すら替えられないし、食べ物もお腹いっぱい食べれなくて、本当につらくて大変だったけど、でも、あっくんやみんながすぐそばにいた。本当に大変だったのは、見知った人がいない場所で暮らすことでした。今までいかに自分が恵まれた環境にいたか、白砂小のみんながやさしかったかわかりました」

「お前、大丈夫か？　いじめられたりしてないか？」

「あっくんまでそんな心配するの」

二年生の時、西岡先生に同じようなことを言われて憤慨したことを思いだした。あの時はあとで紬に叱られたっけ。

「そりゃ心配だよ、東京の奴って何考えてるかわかんないじゃん」

「それ、逆に東京差別。こっちの人からしたら、全校生徒が百人もいない小学校からやってくるような人のほうが何考えてるかわかんないんだよ。しかも被災者」

「そういうもんか」

「いじめられたりとかは、ないよ。むしろ腫れ物扱い。誰にも言わなかったんだけどね、紬のこととか。でもいつのまにかみんなが知っちゃってて。友だちはみんな気を遣ってくれるけど、それが逆にいやだったかな」

『被災者』はどこへ行っても『区別』をされる。『区別』は差別とは違うし必要なものだけど、ふたつの境目はとても曖昧だ。

「俺の場合はみんなが被災してる不便な中で生活してたけど、悠海は自分だけが被災者って環境だもんな。もちろん、街にいた人と海側で被災した俺たちとの間で、温度差はすごい感じたけど」

「うん。でもね、最近、やっと受け入れられるようになったの。わたしが被災者なのは、本当のことなんだって。隠したりしないで、堂々としてようって」

「偉いな。それでこそ悠海だよ」

だいぶ大人っぽく、白砂小にいた時よりもずっとイケメンになったあっくんが、笑顔で言ってくれた。

その後はあっくんが中学でもサッカーをやってる話や、わたしが吹奏楽でフルートを吹いている話をしたあと、ビデオ鑑賞会になる。地震の一週間後に予定されていた卒業式を、別の会場を借りて予定より遅れて開催した卒業式だ。卒業式のために用意していた式服なんて誰も持っていないから着のみ着のままのクラスメートたちは、あたりまえだけどみんな小学六年生の顔をしている。何かと忙しくて三年も仙台に帰れていないし、仙台を離れた子も多いけれど、今はみんなどれくらい変わってるだろう。あっくんみたいに、すっかり大人になってるのかな。

そして思いだす。わたしはこの日初めて、式の前に紬が死んだことを知らされたんだ。全然避難所に来ないからまさか、とは思ってたけれど、亡くなりましたと静かに校長先生に言われたらたまらなくなって、その場でわっと泣きだしてしまった。

『それでは最後に卒業生のみんなにひとことずつ、お願いします』

校長先生が言って、最初に学級委員のこうくんがマイクを手に取る。

『僕は津波で、大切なものをたくさん失いました。家、故郷、やさしかった近所のおじさん、かわいがってた従弟、そして友だちも。でもこれから僕は、中学生になります。泣いても笑っても明日は来るんだから、どうせなら笑って、明日を迎えたいと思います』

パチパチパチパチ、と勢いのいい拍手の音がこうくんを讃える。次はこうくんの隣にいた乙女だ。

『わたしも津波で、大切なものをたくさんなくしました。わたしの家は土台だけになって、ヘドロまみれになってました。においはすごいし、大切にしてたCDも洋服も全部なくなって、悲しかったです。でもいつまでも悲しんでいないで、前を向こうと思っています』

また拍手。わたしは感心していた。みんな震災でひどい思いをしたのに、避難所でありえないほど大変な生活をしたのに、いろいろなものを失ってしまったのに、なんでこんなに強いんだろう。次はとしくんだ。

『もうすぐ僕は新潟の親戚の家へ行きます。みんなと離れ、白砂を離れるのはとてもつらいけれど、新しい生活を精一杯、頑張ります。僕たちは大変な思いをしたけれど、いつかその大変さがきっと生きる日が来ると、信じています』

ひと際大きな拍手。やっぱりとしくんの言葉は立派だ。次は地震の日、津波の写真を撮っていた快司くん。

『俺は津波が来た日も、避難所に行ってからも、自分の家を見に行った時も、写真をたくさん撮りました。みんなに見せられないような、ひどいものもたくさん。でもそれが俺の仕事です。俺の将来の夢はカメラマンになることです。カメラマンの仕事はもう、始まっているんです』

動画に割れんばかりの拍手の音が入った。前のほうでそっと目頭を押さえたのは、快司くんのお母さんだ。

次は津波でお母さんとおじいちゃんを亡くしたしゅんくんだ。

『僕の母さんとじいちゃんは津波で死にました。寝たきりのじいちゃんを避難させようとしたら逃げ遅れて、一緒に母さんも死んでしまったんです。母さんとじいちゃんを乗せた車はゴジラに踏みつぶされたような形で見つかりました。僕はこのことを、一生忘れません。忘れたいけど、覚えておきます』

しゅんくんのお父さんがひと際大きな拍手をしゅんくんに送る。忘れたいけど、覚えておく。ここにいる十一人の卒業生みんな、きっと同じ思いを持っていた。

次に話すのは昼休み、よく一緒にゴム跳びをしていた美宇。

『地震と津波は、わたしたちから本当にいろいろなものを奪っていきました。今日の卒業式だってあの立派な体育館でするはずだったのに、今は皆さんも知ってのとおり、あの体育館は見るも無残な姿になってしまいました。地震のことを思いだすとつらいし怖いし、夜もよく眠れません。それでもわたしは、前を向きます。前を向いて、歩いていきます』

避難所で夜中に起きだして、眠れないのと苦笑いしていた美宇を思いだす。美宇は明るくて活発で元気な子だと思ってたけれど、そんな子にも震災は心を深く傷つけるんだ。

次の語り手もまた、あの日泣いていた彩希子。

『どうして自分がこんな目に遭わなきゃいけないんだろう、と思っていました。どうして東北なの、どうして仙台なの、どうして白砂なの、って。避難所で生活していてもいつ余震がまたやってくるかわからなくて怖いし、ちょっとの揺れでも身体がビクッてなってしまいます。ヘリコプターで救助された時の恐ろしさは一生、忘れられないと思います。それでもあたしはこの体験を、無駄にしたくありません。必ず自分の人生の中でいつか、生かす日がやってくると思います。やってくるようにするんです』

地震も津波も怖くてたまらなくて、あの日ずっと泣いていた彩希子。でもその経験を生かす日がやってくると、彩希子は信じている。中二の時もらった手紙にはカウンセリングを受けていると書いていたけれど、今はどうなんだろう。彩希子のことがすごく気にかかった。

次は携帯のワンセグを見て泣き、ピコを助けられなかったと泣いていた愛瑠だ。

『わたしがこの震災で亡くしたいちばん大きなものは、飼っていたハムスターのピコです。ピコはとっても人懐っこくて、長袖の洋服を着ていると中に入って遊んでました。そんなピコがもうどこにもいないことが、ケージすら流されてしまったことが本当に悲しいです。わたしはピコの分まで、頑張って生きていこうと思います。ピコのことが大好きだから、頑張ります』

愛瑠にとってピコは、まぎれもなく家族だった。ちっちゃくても一、二年しか生きられなくても、ちゃんとした家族だった。その家族を失った苦しみを、愛瑠はきっと一生背負っていく。その覚悟が、頑張る、という言葉に表れているんだと思った。

次はかずくんの番だ。

『地震が起こって津波が来て、ひと晩じゅう教室の暗幕にくるまって学校で過ごしてヘリコプターに吊り上げられて救助されて、俺はいろいろ、変わったと思います。地震が来る前までは大好きなサッカーができていれば、それで幸せでした。でも今は、毎日三食ご飯を食べられることやテレビが観られること、それだけでもすごくすごく幸せです。その気持ちをずっと、忘れないでいようと思います』

この時わたしたちは避難所で今までとは比べものにならないほど不便な生活をしていた。でもその不便な生活を、かずくんは幸せと言っている。家が流されて故郷をなくしたわたしたちにとって、住む場所があるだけでありがたい。そういう考え方もできるんだ。

次はあっくんだ。

『俺は津波でばあちゃんを亡くしました。ばあちゃんとその日の朝、喧嘩をしてしまい、ひどい言葉を投げつけてしまったことを今も後悔しています。死んでしまったらごめんなさいのひとことさえ、言えないんです。だから俺はこれから、いつでも思ったことをすぐに、ちゃんと、適切な言葉で、相手に伝えようと思います。いつ何が起こっても、後悔しないために』

あっくん、本当はおばあちゃんに謝りたかったんだ。ひどいこと言ってごめんねって、そのひとことが言いたくて、言えなかったんだ。

ふいに視線を目の前にいるあっくんに動かすと、あっくんは三年前の自分を見て瞳をかすかに潤ませていた。昔の自分が放った言葉が、今になって響く。過去と向き合うのは、楽しいことばかりじゃない。でも、必要なことだ。

最後にわたしにマイクが向けられる。あっくんからマイクを受けとる小学六年生のわたしは、手が震えていた。顔も真っ青だった。

『わたしは……わたしは』

マイクを通した声が、震えていた。涙がぽろぽろ溢れだす。

そう、この時のわたしはみんなの旅立ちの言葉を聞いて感動していた。同時に、そんなふうにとても前向きに考えられない自分に絶望していた。だってわたしは、紬が死んだと知らされた直後だったから。

『わたしは……紬に会いたい』

今にも途切れそうな声を通して、わたしは訴えかける。いや、誰にも訴えてるんじゃない。わたしに今言えるのは、このことだけだった。

『紬に、会いたいです──お願いです。どうか、もう一度。もう一度で、いいから。紬に……紬に、会わせてください……』

そう言ってマイクから口を離したわたしの肩を、あっくんが抱きしめる。その温もりがたまらなくって、わたしは今度こそ声を上げて泣いた。

リビングがしんと、静まり返っていた。お父さんもお母さんも、あの時は小さすぎて何が起こっているのかちゃんと理解できなかった春海も、奈津子さんも、あっくんも、みんなが画面を観て、息を止めていた。

わたしはみんなに見られないように下を向いて、溢れる涙を手の甲でぬぐった。


ビデオが終わってから、トイレ行ってきますとバレバレな嘘をついてその場を離れた。水を流したあと、そのままリビングに戻らず自分の部屋に入る。今紬と話さなければ、自分がどうにかなってしまいそうだった。

「あーあ、やんなっちゃう。わたし、みっともなかったね。あの時は紬に会いたくて、紬が死んだって知らされたことが悲しくて、ただそれだけ、考えてた。みんなちゃんと立派なこと言ってたのに、わたしだけ……」

『しょうがないよ。ああなっちゃうのって、ごくごく、普通だよ』

「だって、肉親を亡くしたあっくんやしゅんくんが立派にしゃべってたんだよ。それなのに、わたし……」

『ひょっとしたら、肉親が亡くなるより、友だちが亡くなるほうが、かえってつらいのかもしれないね』

「そういうものかな？」

『だってわたしと悠海ちゃん、一日のほとんどを一緒に過ごしてたじゃない？　記憶もないぐらい小さい頃からあの日まで、ずうっと。それって、家族も同然だよ』

今でもわたしと紬は、こんな不思議な状態とはいえ一日ずっと一緒にいるんだけれど。亡くなった大切な人と今でもそばにいられるなんて、ものすごい奇跡だ。わかっているのに、それ以上のことを願ってしまう。

もし地震がなかったら。

もし津波が来なかったら。

もし紬が今も生きていたら。

「みんな家族みたいだったよね。白砂小の子たちは……戻りたいな。あの頃に」

震災がある前はわたしの生活は普通すぎて、なんにもなくて、つまんないなあって思ってた。白砂に生まれたことも、街から離れてるし、海水浴場の名物になってるくらいで小学生にとって面白いものなんてなかったし、好きでこんな田舎に生まれたくなかった、って感じだった。

今から思えば、ほんと馬鹿だったと思う。普通すぎてなんにもない、平凡でありきたりな毎日がどれだけ幸せだったか。紬を失って、みんなと会えなくなって、故郷の慣れ親しんだ景色が根こそぎ地震で破壊され、津波で流されて。そうなって、ようやく気づいた。自分がどれだけ恵まれていて、幸せで、白砂がすごくいいところだってことに。

「もっと大切にすればよかったな、こんなことになるなら。紬ともっとたくさん、いろんなところ行きたかった」

『そうだね。私も、もっといろんなことに挑戦してみればよかった。こんなに早く死んじゃうなんて、思ってなかったから』

「紬さ、わたしにできることがあったら言ってね。わたしが紬の代わりに、なんて、紬からしたらなんの意味もないことかもしれないけれど。紬のためにできることなら、わたしがする」

『ありがとう。でも悠海ちゃんは、悠海ちゃんのために生きて。私は、所詮死んだ人間なんだもん』

「何度も言わせないでよ、わたしの中では紬は死んでないんだって」

『悠海ちゃんの中では、ね。でも実際には死んでる』

噛んで含めるような言葉と、しばらくの沈黙。リビングからお母さんたちの話し声が聞こえていた。

『私のために何かしたいって思うなら、一生懸命生きて。悠海ちゃんは悠海ちゃんのために』

紬が言う。自分のためにじゃなくてわたしのために、言ってくれる。思いだした。紬は生きてる時から、そういう子だった。いつも自分のことよりまず、周りのことを考えるやさしい子だったんだ。

「紬、わたしは……」

そう言いかけた途端ドアが開いて、ぴくんと身体が椅子の上で跳ねた拍子に、手のひらの中に握っていた紬を床に落としてしまう。

慌てて紬を拾いながら振り返ると、あっくんががく然とした顔でわたしを見ていた。すぐにわかった。今の会話、聞かれてたんだって。

「なんで突然入ってくるのよ」

「トイレ行く、って言って悠海が全然戻ってこないから、おばさんが部屋にいるかもっていうから呼びに来たんじゃん。俺、そろそろ帰るからその前に母さんが挨拶したいって」

「そう、今行く」

精一杯平静を装ってたけれど、心臓はドキドキバクバクと十六分音符を刻んでいた。

あっくんがそんなわたしの腕を掴む。痛いぐらいの強さだった。

「お前、今誰としゃべってたんだ？」

すぐには答えられず、酸欠の金魚みたいに口をパクパクさせる。

「まさか、紬としゃべってたのか？」

「……何、言ってるのよ」

「ごまかすなよ、聞こえてたんだよ。紬、紬ってお前、何度も話しかけてたじゃん。紬としゃべってたのか!?」

「信じてもらえないかもしれないけれど……」

こうなったら、もう話すしかない。あっくんの前に紬を押しやると、あっくんは恐ろしいものを見る目で紬の魂が入ったうさぎのぬいぐるみを見た、

「地震のひと月半後から、わたし、紬と話ができるようになったの。紬は今も死んでなくて、その心はこのぬいぐるみの中にいるんだよ。ちゃんと目も見えるし、声も聞こえるんだって」

「お前……病院行ったほうがいい」

え、と上ずった声が出た。まだわたしの上腕部を掴んだままだった手を、あっくんは自分を落ちつかせるようにゆっくり放した。

「何も恥ずかしいことじゃない。悪いことでもない。彩希子だって、震災のあとカウンセリング受けてるんだから。ひどいことが起こって、頭や心が自分の思いどおりにならない反応をする。それはすごく、あたりまえのことだ」

「何それ。わたしが変になったっていうの!? 聞いてよ！ 紬、まだここにいるんだから！ 紬の声、ちゃんと聞こえるんだから……!! 紬、あっくんに何か言って!!」

紬は答えない。大好きだったあっくんが目の前にいるのに、告白までしようとしていた人なのに、その想いをひと欠片も伝えようとしない。

わかってた。紬の声はわたしにしか聞こえないって。

それでも、やっぱりつらい。

「紬、答えてよ……あっくんに話してよ……」

「おばさんに話そう。俺からも言ってやる」

「だから!! わたしはおかしくなってなんかいないって!! 紬はまだちゃんとここにいるんだから!!」

「いないよ!! 紬はもうどこにもいないんだよ!! 三年も前に死んだんだよ!!」

「やめて!! 紬はまだここにいるの!! わたしたちが言ってることも聞こえるの。あっくんにそんなこと言われたら、紬が傷つく!! 紬は死んでなんかいないのにっ」

「お前。少し頭、冷やせ」

あっくんは心から悲しそうな目でわたしの頭をひと撫でしたあと、くるんと背中を向けて部屋を出て行った。残されたわたしは紬を手に握ったまま、椅子の上で茫然とする。

誰にも言わない、言えるわけなかったのに、知られてしまった。それもいちばん知られたくない人のうちのひとりに。

『悠海ちゃん……』

長い沈黙のあと、遠慮がちに紬が声をかけてくる。紬もこんな状況を前にしてわたしにどんな言葉をかけるべきか、迷ってるみたいだった。

「ごめんね、紬」

『何が？』

「紬にとってひどいことを、あっくんが言った。わたしが言わせた」

『別にひどいことじゃないし、事実を言っただけだし、仕方ないよ。あっくんの反応が普通なんだよ。死んだ人の声が聞こえるなんて誰も信じない』

「なんで、紬の声はわたしにしか聞こえないの」

『そういう決まりだから』

そんなの誰が決めたのよ。まさか神様なんて言いださないでしょうね？　そんな言葉を喉に押しこめ、頭を抱える。

「どうしよう……絶対、あっくんに変な子だって思われた」

『大丈夫だよ。あっくんなら、誰かに言ったりしないって』

「お母さんに言うって言ってたよ」

『言わないって。大丈夫だから』

そこでふたりともだんまりになる。リビングのほうからお母さんと奈津子さんの楽しそうな笑い声がソプラノで響いていた。

紬のひとことに、わたしは伏せていた顔をがばっと上げる。

『……私、悠海ちゃんのそばにいちゃいけないのかもしれないね』

「なんでそんなこと言うの⁉」

『私のせいで、悠海ちゃんが変な子だと思われた。私が悠海ちゃんのそばにいることは、死んだ人間といつまでも話せてるなんてことは、不自然なんだよ。他人からしたら信じられないし、おかしなことだと思うのが普通。私が悠海ちゃんと一緒にいたいっていうのは自分の欲を満足させているだけで、悠海ちゃんのためにならない』

「やめてよ！」

お母さんやあっくんたちに聞こえてるかもしれないけれど、そんなこと考える余裕もないくらい強い声で怒鳴っていた。紬がまただんまりになる。そんな紬に、わたしは必死で言い聞かせる。

「二度とそんなこと言わないで。わたしは紬とずっと一緒にいたいの。いつまでも一緒にいてよ。お願いだから」

最後のほうは涙で声がかすれて、言いながら目尻を手の甲でぎゅっとこすった。

『悠海ちゃんの、泣き虫』

わたしは応えなかった。


だいぶ長い間席を外していたことをお母さんに咎められると思ってたけど、リビングに入るとお母さんと奈津子さんは盛りあがっていたおしゃべりをやめ、わたしを見て「あっくんたち、もう帰るってよ」と笑顔で言った。今日のお母さんは機嫌がいい。まるで地震も津波もなくて、平和な生活の中で奈津子さんとお茶でもしてるみたいな、リラックスしきった顔だった。

「ごめんなさいね、すっかり長くお邪魔しちゃって。やだもうこんな時間」

「奈津子さん、いつまで東京にいるの？」

「下の妹が世田谷にいて、そこの家に泊まってるんだけど明日には帰るわ。帰って篤樹に宿題、やらせないと」

別れるのが名残惜しいように、そこでまた話を始めるお母さんと奈津子さん。その横からあっくんが飛びだしてきて、さっとわたしのセーターに包まれた手首を掴む。

「ちょっと来て」

「え」

「外。家の前の路地がいい」

「あら何、篤樹、悠海ちゃんに告白でもするの？」

とんでもない冗談を飛ばした奈津子さんに向かって、あっくんは真っ赤になってちげーよこのクソババアと怒鳴り飛ばした。

お母さんと共用しているつっかけのサンダルに足を通し、外に出る。東京の冬の夜はしんと暗く、一月の冷気が容赦なく頬を包んで、思わず両手で自分の身体を抱きしめ、ぶるんとひとつ身震いした。

「ごめんな、寒い思いさせて」

「ううん。それより、何？」

何？　も何もない。さっきのことを言われるに決まってる。紬のことに関して何かしら言うつもりだ。きっとまた紬の存在を否定されるんだと思って、我知らず両手を握りしめていた。

そんなわたしにあっくんは、ゆっくりと言った。

「俺、悠海のことが好きだ」

陳腐な表現だけど目をぱちくりさせた、と言う他ない。わたしは何度も目をしばたたかせて、大切な幼なじみを見つめた。真剣な顔は、わたしから視線を逸らそうとしない。真摯に見つめ返してくる。

「えっと、それって、どういう……」

「だから、あれだよ。告ってんの。さっき母さんが言ったこと、冗談じゃないんだよ。母さんは俺が悠海のこと好きなの知ってるし」

「嘘でしょそんな、いつから……」

「嘘でしょ、とか言うなよ」

真面目な顔が崩れて、ちょっと苦笑いをする。あっくんは気づいている。わたしの気持ちがあっくんにないことに。

「いつからって言われても、いつからかわかんねーよ。幼稚園の頃からかもしれないし、もっと前かもしれないし、もっとあとかもしれない。とにかくものすごくずっと前から、いつからかもわかんないぐらいから、悠海のことが好きだった」

「……紬じゃなくて？」

「なんでそこで紬が出てくるんだよ」

話の腰をボキッと折られて、あっくんが少しだけ苛ついた声になる。でも顔は微笑んだままだ。

「紬は、いい子だよ。女の子らしいし料理とか裁縫とかすごいと思うし、おとなしいけどちゃんと自分を持ってる。でも悠海も同じぐらい、すごくいい女の子だよ。地震の時だって、パニックになったクラスのみんなを励ましてた」

「あれは。みんなが慌ててるから、自分が落ちつかなきゃって気持ちが働いただけで。わかんないよ、わたしだって親と連絡つかなかったり家にペットがいたりしたら、パニックになってたかもしれない」

「それでも悠海はすごいと思う。そんな悠海のことが、ずっと前から好きなんだ」

声が揺れていた。あっくんは喉を震わせながら、わたしをまっすぐ見ていた。

あっくんの告白は、里中くんの時とは違う種類の衝撃をわたしに与えた。ずっと前からあっくんがわたしを想ってくれてるなんて、ちっとも気づかなかったし。あっくんは紬の好きな人なのに。

そういえばポケットに入れた紬にはあっくんの声が聞こえているはずだ。紬は今、どう思っているんだろう。

「悠海は強いし、すごくいい女の子だよ。だから紬のことも、ちゃんと乗り越えてほしい」

「あっくんは、乗り越えたの？　おばあちゃんのこと」

「……そんなの、わかんねぇよ」

おばあちゃんのことを言った途端、あっくんの顔がさっと曇る。まずい話題を出してしまったかもと一瞬後悔したけれど、震災で大切な人を亡くした者同士のわたしたちにとっては、この気まずい空気が必要なのかもしれない。

「思いだしたら今でもつらくなるし、あの日の朝の喧嘩はいくら悔やんだって悔やみきれない。でもいつか、俺はちゃんと、乗り越えるつもりだ。ばあちゃんのこと。そうしないとばあちゃん、いつまでも天国で泣いてるままだからさ」

三年前よりもずっと大人っぽくなった目が愛しそうに、少し悲しげに、わたしを見つめる。

「篤樹ー、帰るわよー」

玄関から出て来た奈津子さんがあっくんを呼ぶ。まさか本当に告白が行われてたなんて思ってないような、能天気な声だった。

「今行く！」

反抗期の男の子らしくぶっきらぼうな口調で返事をしたあと、あっくんはわたしのほうを改めて見て、目を線にして笑って言った。

「悠海。元気でな」

それだけ言い残して、わたしの心に好きというどう扱っていいのかわからないややこしい感情を放りこんで、あっくんは仙台に帰っていった。

「ごめんね、紬」

部屋に戻ってから、そっと紬に声をかける。不安だった。紬からしてみたらこれは、失恋なんだ。ずっと好きだった人の好きな人が、まさか親友だったなんて。自分の立場に置き換えて考えてみると、やりきれない。

「紬……ごめんね」

『悠海ちゃんは悪くないから、謝らないで。私、ずっと知ってたんだ、あっくんの気持ち』

「え」

紬の冷静な声がわたしを驚かせる。ずっと知ってたって、つまり、紬はあっくんがわたしのことが好きだって、ずっと前から気づいてたの？

『だから、絶対フラれるってわかってたの。だから、何もできなかったの。だから卒業式にせめて、気持ちだけでも伝えようと思ったの』

「そうだったんだ……」

『悠海ちゃんこそ、鈍感すぎるよ。本当に今まであっくんに好かれてるって気づかなかったの？』

「わかんなかった……紬も、知ってるなら言ってくれたらいいのに」

わたしは本当に、恋愛に関してはまるでダメだな。自分で自分にため息をつきたくなる。

『そんなこと、言えるわけないよ』

「どうして？」

『だって、悠海ちゃんがあっくんに好かれてるって知って、それがきっかけであっくんのこと気にするようになっちゃったら、私たち、ライバルになっちゃうじゃない？悠海ちゃん相手じゃわたし、勝てっこないし』

「大丈夫だよ、好きになんないから。今告白されても、ただただ驚いてる」

小さい頃からずっと一緒にいると、紬やあっくんみたいに好きになっちゃうか、それかきょうだいみたいなものとしか思えなくなってしまうか、どっちかなんだろう。わたしにとってあっくんは後者だ。それがいきなり告白されてもただひたすら驚くばっかりで、どうしていいのかわからない。昨日までりんごだったものを今日からみかんだと思いなさい、と言われてるようなものだ。

「里中くんの時も思ったけど、なんでわたしなんだろう。わたし、ちっとも強くなんかないのに。わたしのこと好きになるなら、紬のこと好きになってくれたらよかったのに」

『私は、あっくんの好きな人が悠海ちゃんで、よかったって思うけど』

「なんで？両想いになりたくないの？」

『あっくんの好きな人が私だったら、あっくんは好きな人とおばあちゃんと、両方震災で失ったことになっちゃうんだよ。そんなの、悲しすぎる』

思わず、言葉を失う。

紬は本当にあっくんのことが好きなんだ。あっくんが自分に振り向いてくれるかくれないかよりも、あっくんが幸せでいることのほうが大事なんだ。

きっとそれを、愛と呼ぶんだろう。

小学六年生でこの世を去った紬は、ちゃんと愛を知っていた。

『悠海ちゃん、あっくんのこと気にかけてあげてね。これがきっかけで気まずくなったりとかしないで、いつもどおりでいてあげて。あっくんは乗り越えるつもりだ、って言ったんでしょ。悠海ちゃんがこれからのあっくんの、支えになってあげてよ』

「そうするつもり、だよ」

小さくうなずく。

気持ちに応えることはできないけれど、あっくんのことを好きになんてなれないけれど、でもわたしはこれからもあっくんのいちばんの幼なじみで、理解者でいたい。

あっくんとは違う種類の気持ちだけど、わたしはまぎれもなく、あっくんを好きだから。

今日でこれっきり、もう一生涯袖を通すことのない制服に身を包み、胸に真っ赤な花をつける。卒業式は、いい式だった。二百四十人の生徒ひとりひとりが卒業証書を受け取り、壇上でみんなでひとことずつしゃべり、その後のクラスお別れ会では、式とはまた違った感じの、流行りの卒業ソングをみんなで歌った。文香もエリナも、紗羽子も菜緒美も泣いた。わたしも泣いてしまった。

なんだかんだいい式だった。なんだかんだいい三年間だった。

みんなで卒業アルバムの寄せ書きページにサインペンを走らせ、写メを撮りあい、やっと買ってもらった携帯で番号やIDを交換しながら、もうすぐ仙台に戻ってしまうことが少し残念に思えてしまう。

お父さんには仙台でまたパン屋をやるって目標があるし、お母さんは住み慣れた仙台に戻ることがわたしのためだと思っているらしくて、その気持ちを否定する気はない。

でももう少し、あと少し、文香たちとの時間を大切にしたかった。

「悠海ーっ、呼ばれてるよー！」

あまり話したことのない女の子とID交換のついでに思い出話に花を咲かせていると、クラスでも中心的な存在だった女の子が大声でわたしを呼んだ。その子の頭ごしに、三年次のクラス替えでクラスが分かれてしまい、話すこともほとんどなくなっていた里中くんの姿を見つけ、心臓がばくんと騒がしい音を立てる。

十中八九、わたしを呼んだのは里中くん。このタイミングで里中くんがわたしを呼んで話をするっていったら、考えられることはひとつしかない。

「懐かしいな、ここで福田さんに告白したの」

ふたり一緒にいられるところを見られないように、時間差で家庭科室の前で待ちあわせした。里中くんはあの時と同じようにすでについていて、『身近な食品に含まれる栄養素』というポスターを眺めている。

三年生になってすっかり疎遠になってしまったから、久しぶりにまじまじと正面で見る里中くんの姿を一年半ほど前と重ね、手足がすらっと長くなったことや背が伸びたことに気づいてはドキンとする。思春期の『男の子』は目の前でどんどん『男』になっていくから、周りに取り残されてばかりのわたしは、ただただ戸惑う。

「福田さんは、四月から仙台に戻るって聞いたけど、本当？」

「うん。妹の春休みが始まるのと同時に引っ越す。うち、震災前はパン屋やってて。また始めるの。海のほうは住めないから、町中にだけど」

「そっか。再出発は応援したいけど、福田さんがそんなに遠くに行っちゃうのは僕としては少し寂しいかな」

苦しそうに笑う里中くんに、どう答えていいのかわからず曖昧に微笑み返した。文香やエリナみたいに、中学生で何人もの男の子とのお付き合い経験がある子と、わたしは違う。こういう甘い感情を含んだやりとりに、いちいちどう応じるべきか悩んでしまう。

「僕さ、告白を断られても、三年生になってクラスが分かれても、福田さんのこと、好きなまんまだった。移動教室とか学校行事とかで姿が見れるだけで、嬉しかった」

「……うん」

「福田さんが僕のことを好きじゃないし、これから好きになることもないのはわかってる。でもできれば最後に一度だけ思い出、作らせてほしいんだ」

「思い出？」

意外なワードに声が裏返る。里中くんはいったい何を言おうとしているんだろう。

「一度だけ、一緒に出かけない？　福田さんの好きなところでいいよ、映画でもカフェでも、ショッピングでも」

「えと、それってデートってこと？」

「そうなるね」

言いながら、里中くんの顔が耳まで真っ赤に染まった。それを見て、わたしも頬がぼっと熱くなる。

「でも、別にそんなに深刻に考えなくていいよ。僕の思い出作りに福田さんが付き合ってもらう、それだけなんだから。僕はこれから福田さんと付き合えるかもなんて、そんなことちっとも考えてないし」

「――まぁ。出かけるだけ、なら」

そう言った途端里中くんの赤い顔がぱっと喜びのピンクに変わって、それでこの人は本当にわたしのことが好きでいてくれてたんだと思い知る。

「じゃあさ、ID、交換しない？」

「う、うん。いいけど、ちょっと待って、まだ買ってもらったばかりで操作に慣れてなくて……」

「いいよ、ゆっくりで」

里中くんとIDを交換し、行きと一緒にふたりでいるところを見られないよう、時間差でそれぞれの教室に戻ったあと、文香に「どこ行ってたの悠海、まさか告白でもされた？」と図星すぎることを言われてすぐには反応できなかった。そんなんじゃない、ただの友だち、という必死の嘘を、このあと行くクラスの集まりの打ち合わせで忙しい文香は、へーそうなんだーと素直に信じてくれた。

「どうしよう紬。デートすることになっちゃった」

集まりは夕方からだから、その前に一度家に帰って制服から私服に着替える。告白をブレザーのポケットの中でずっと見守っていた紬は、責める口調になる。

『なんで簡単にデートなんてＯＫしちゃうの？　里中くんと付き合う気、ないんでしょう？』

「ないけど……ダメなの？　付き合ってない人とデートしちゃ」

『ダメに決まってるじゃんそんなの！　里中くんああ言ってたけど、悠海ちゃんがデートしてくれたって思ったら期待しちゃうよ？』

「でも。文香は告白された相手を『どんな人かも知らないで断るのも失礼だから』って自分からデートに誘ったことあるし、エリナなんて彼氏がいても平気で他の子と遊んだりしてるよ。別にそういう感じじゃない、ただの友だちだからいいでしょ、って」

『それ、東京もんの考えだっちゃ！　悠海ちゃん何、東京のあばずれ感に染まってるの!?』

あ、あばずれ!?　そんな単語言ってる人を初めて見た。今どきそんなこと言う子が自分の親友で、しかも享年十二歳なんて。

『付き合ってもいない人とデートするなんて変だし、だいたい悠海ちゃんの歳でデートなんてまだ早いよ。勉強とか部活とか、悠海ちゃんには恋愛よりも優先すべきことがたくさんあるんじゃないの？』

「それは。大人になる前に、今から恋愛の練習をしておくって意味もあると思うけど？

ていうか、中学生でデートなんて全然早くないよ。むしろ普通だよ。キスとかそれ以上のことしてる子だっているんだから」

『何それ、キス以上って。そんなの不潔。ありえない！』

「不潔って!!」

それは、文香やエリナや、わたしの友だちを否定する言葉だ。いくら紬だって、そんなの許せない。

「おかしいのは紬だよ。紬は小学六年生で死んじゃってるから、未だに考え方が小学生レベルなんだよ。東京か仙台かなんて関係ない。そんな紬に相談したわたしが間違いだった」

紬からは何も言葉が返ってこなくて、それで初めて、しまった、と思う。

紬にひどいことを言ってしまった。紬の考え方が小学生レベルなのは紬のせいじゃないし、そこを責めるのは絶対間違ってる。

「――ごめん、紬」

『いいよ別に』

それきり、会話がなくなってしまう。気まずい空間に、携帯がぶうとメッセージが届いたことを知らせた。

里中くんからだった。

前の夜からソワソワして落ちつかなくて、少ない私服を全部ベッドの上に広げては、どれを着ていくか悩んで悩んで悩んで全然決められなかった。いかにも女の子って感じの桜色のワンピースじゃ気合入りすぎ？　かといってジーンズにチェックのシャツじゃ、男の子っぽすぎる。一応、デートなんだから。

当日もろくに眠れてないくせにやたらと早く目が覚め、慣れないお化粧をして髪の毛をブローさせた。文香やエリナみたいにコテで巻くなんて器用なまねはできないけれど、デートなんだからちょっとでもかわいくしていきたいと思っていた。

わたしは里中くんのことが好きなのかな。

好きになりかけてるのかな。

ドキドキしている自分を痛いほど自覚しては、自問自答する。

「ごめん、待たせちゃった？」

十五分も早く渋谷のハチ公前まで来たのはわたしなのに、五分早く来た里中くんにそう言われる。ううんそんなことない、としどろもどろ気味で返すわたしに、里中くんは上から下までじっくり視線を滑らせた。

「福田さん、今日、お化粧、してる？」

「うん、少しだけ。文香たちに習ったんだ。まだまだ下手くそだけど。一応マニュキアも塗ってみたの」

「本当だ！　桜貝の色してる！　すごいかわいいね」

かわいい、なんてあっけらかんと言われてどう答えていいかわからず曖昧に笑う。いつも里中くんの前で、わたしはこんな顔をしてばっかりだ。

初めてのデートは映画にした。遊園地は待ち時間が長すぎてデート初心者には会話が持たないし、ショッピングは歩き回って疲れちゃうし、初めてのデートは映画がいいっていつかエリナから借りた雑誌に書いてあったから。選んだのは少し前から気になっていた、マンガ原作の実写ラブコメディ。映画が映画だし、春休みとあって観客は若い女の子ばっかりだ。男の子の里中くんが少しだけ浮いていて、何か申し訳なくなる。

菜緒美に全巻借りたマンガだから内容は全部頭に入ってたけれど、実写版となると原作にないシーンがあったりして、飽きずになかなか面白く最後まで観られた。でも手を繋いだりキスしたり、ラブシーンになると、隣に里中くんがいるせいで心臓がざわざわしだす。里中くんはわたしとこういうことしたいって、思っているんだろうか。男の子だし、好きになるっていうのは、そういうことだよね？　そういうふうに思われるのってなんかすごく複雑だけど、なんだかんだでいやな感じはあんまりしない。

うーん、これってやっぱり好きってことなんだろうか？　わからない。

「面白い映画だったね」

映画のあと、里中くんがネットで調べておいてくれた渋谷のビル七階にあるこじゃれたカフェで休憩する。中心街から少し離れているせいか、春休み真っただ中で賑わっている渋谷の街にあってこのカフェは落ちついた雰囲気をかもしだしていた。その代わり、コーヒー一杯六百五十円。

「うん、面白かった。でも里中くんは大丈夫？　退屈じゃなかった？」

「全然退屈じゃないよ、コメディだったし。むしろ福田さんがこういうの好きなんだな、って知れたのがよかったかな」

えーと、それって遠まわしに、わたしのことすごく好きって言ってる？　コーヒーカップを傾けながら頬が熱くなるのを抑えようもない。

「ラッキーあいてる！　今なら四人とも座れるよー」

聞き覚えのある声に里中くんとわたし、同時にぱっと振り向いた。

ここ、渋谷なのに。

近所でデートして誰かに見られたらまずいからって、わざわざ学校から離れてる場所を選んだのに。

それでも、会う時は会ってしまうものなんだ。

卒業式の次の日から春休み限定で髪を染めてる文香に、こちらは生まれつきの茶髪だけど原宿系の私服がばっちり決まっているエリナ、スポーティーな恰好がよく似合ってる紗羽子に、ニーハイソックスとミニスカートの組みあわせがアイドルみたいでかわいい菜緒美。いつも遊ぶお決まりのメンバーが勢揃いしていた。

そういえば今日、グループラインで遊びに誘われていたことを思いだした。先約があるから、ってわたしひとり断ったんだった。

「あれっ、悠海!?」

気づかれたくなかったのに、あっというまに文香に奥の席にいるのを見つけられてしまう。わたしと一緒にいるのが里中くんだから、みんな唖然としていた。文香と菜緒美はただひたすら驚いてますって顔で目を見開いているし、エリナは怪訝な顔でわたしと里中くんを、交互に睨みつける。里中くんに三年間片想いしていた紗羽子はどんどん顔色が真っ青になっていった。

「今日は、何？　悠海と里中くん、ふたりでお出かけ？」

「まぁ、そんなところ……」

いや、お互いひとりで渋谷へ来てて、そのへんでたまたま会っちゃったからついでにお茶してるだけだよ。そう言えばよかったんだと、言ってから気づいた。

「マジ!?　それってデートじゃん!!」

すかさず菜緒美が核心をずばりと突く。紗羽子の顔がますます青くなっていく。

「何？　ふたり、付き合ってるの？」

「いや、付き合ってるとか、そういうのじゃなくて……」

「じゃあなんでデートしてるの？」

エリナが威圧するように腕組みして、綺麗な顔で睨みつけてくる。ハーフらしい整った顔はこういう時はものすごい剣幕を発揮するから、気おされたわたしは何も言えなくなった。

「あの、えと、わたしは……」

「これは僕の思い出作り。もうすぐ福田さん、仙台に戻っちゃうだろ？　その前に一度、付き合ってもらったんだ」

里中くんは学校で見るのと同じ爽やかな笑顔でさらりと、本当のことを口にした。エリナが腕組みを解き、目を見開いて里中くんを見る。まさかこんなに明確で素直な回答が返ってくるとは思ってなかったに違いない。

「思い出作りって、どういうこと？　里中くん、悠海のことが好きなの？」

「好きだよ。告白して、でもフラれた」

四人が一斉に言葉を失う。紗羽子はもう立っているのもやっとって感じで、小刻みに震えていた。

いで。

あぁ、紗羽子は今、中学時代三年間も想い続けてる人に失恋したんだ。わたしのせ

わたしが好きでもない里中くんからの誘いを、気軽に受けちゃったから。

しょうがない。まさかこんなことになるなんて、思わなかったんだもの。

自分で自分に言い訳しながら、紗羽子の顔をまともに見られない。

そういえば紗羽子、どうしても里中くんと同じ高校に行きたくてめちゃくちゃ一生懸命勉強して、受かったんだって嬉しそうに報告してきたっけ。

「そうなんだ……邪魔したら悪いから、うちら別の店、行くね」

文香がそう言って、全員がくるりと後ろを向き、戸惑う店員さんにすいませんやっぱり別のところ行きます、と少し後ろめたそうに言って店を出ていった。すいている店内には四人が残していった気まずさや怒りや悲しみが、ずっと漂っていた。

仙台と東京に分かれてしまっても、文香たちとずっと友だちでいたいと思っていた。でもそれも、できなくなるだろう。なんと言い訳したってわたしが紗羽子を裏切ったのは本当で、文香たちがそんなわたしを許してくれるとは思えない。

紬の言うとおり。やっぱり、里中くんとデートなんてするべきじゃなかったんだ。

カフェを出たあとは公園を散歩したり、デパートを見て回ったり、ゴールデンウィーク並みと報じられたデート日和（びより）の陽気の中で、それなりにふたり楽しく過ごした。

でも、もう里中くんにときめきを感じることはなくなっていた。紗羽子に申し訳ない。その感情が、気を抜けばアクセルをかけそうな恋心にブレーキを踏ませていた。

「今日は、ありがとう」

行きは渋谷で待ちあわせ、電車も別々だったけど、帰りは同じ電車に乗って同じ駅で降りた。文香たちに見られてしまったせいで、今さら誰に見られても関係ないという気がしていた。それにわたしはもうすぐ仙台に帰ってしまうし、里中くんは里中くんだから、誰かに見られたとしてもエリナにしたようにきっぱりと本当のことを言うだろう。

人の視線を過剰に意識することがなくなっただけ、わたしは進歩したのかもしれない。

「こっちこそありがとう。楽しかった」

夕方の駅前は制服姿の高校生や仕事帰りのスーツ姿が目立つ。春分直前の空はまだ裾がぼんやりと明るく、夜になりきっていなかった。

「あのさ。往生際が悪いってわかって聞くけれど」

「……うん」

「やっぱり、僕と付き合おうって気にはなってないよね？」

里中くんはそう問う前からちゃんとわたしの気持ちを見抜いていた。それでもなお告げられる想いが甘く、切なく、少し苦い。

「ごめん。今日はすごく楽しかったし、ちょっとドキドキもしたけれど。でもそのドキドキって、相手が里中くんじゃなくってもも感じたと思う。わたしは里中くんにじゃなくて、生まれて初めて男の子とデートしてるって事実にときめいていただけだから」

「——そっか」

信号が光る交差点の前まで来て、足を止める。里中くんの家はこの交差点を右折して五分のところ、わたしの家は左折して七分のところ。ここがふたりの、分かれ道になる。

そしてもうたぶん二度と、会うことはない。

「はっきり言ってくれて嬉しいよ。やっと諦め、ついた」

「本当にごめん」

「ううん、いいよ。今日のこと、本当にありがとう。絶対にいい思い出になる。というか、いい思い出に、する」

そう言って寂しそうに微笑む里中くんに手を振って背を向けて、歩きだした。

こつんこつん。三センチだけの高さでも、いつもと違う景色を見せてくれるヒールが、三月の夕闇に切なげなＢＧＭを奏でる。どこの家も夕食の支度の時刻で、一軒家の前を通りかかると美味しそうなカレーの匂いがした。どこかで犬がきゃんきゃんと吠えて、塀の向こうで大きなくしゃみをする人がいた。

もし、答えを変えていたら、今見る世界は全然違うものになっていたのかな。そうなってたらわたしは、ちょっとは嬉しかったのかな。

『――悠海ちゃん』

喧嘩以来、一度も話しかけてこなかった紬がスプリングコートのポケットの中からわたしに言う。あの日投げつけた言葉を心から後悔しているのが、声でわかった。

『この前は、ごめんね』

「ううん、間違ってたのはわたしだから。正しいのは紬だから。付き合う気のない人とデートなんて、するべきじゃなかったんだ」

『でも悠海ちゃん、本当によかったの？　里中くんのこと、まんざらでもなかったんじゃないの？　断っちゃって、後悔してない？』

「――紗羽子のこと、裏切れないよ」

カフェでうっかり遭遇してしまった紗羽子の青ざめた顔を思いだす。今頃きっと、紗羽子は泣いてる。これ以上紗羽子を傷つけることなんて、とてもできない。紗羽子は東京でできた大切な友だちのひとりだ。

『確かに、里中くんと付き合ったら友だち関係はややこしくなるかもね。でもそれを理由にするのは、違うんじゃない？』

「文香たちとの関係が悪くなるから、里中くんと付き合わないってわけじゃないよ。わたしはこれ以上、紗羽子を悲しませたくないし、里中くんと同じ高校に受かった――、って喜んでいる紗羽子のこと応援したいだけ」

『……悠海ちゃん。東京の友だちが、本当の友だちになったんだね』

そう言う紬は少しだけ寂しそうだった。

紬はわたしとしかしゃべれない。耳は聞こえるし目も見えるけれど、わたしが行くところにしか行けない。ご飯を食べたり好きな音楽を聴いたりおしゃれしたりする楽しみは、紬にはない。大好きなお菓子作りも、永遠にできない。そんな紬にとってはわたしとの関係がすべてだったのに、そのわたしに新しい友だちができてしまう。紬のほかにも心から大事にしたいと思う友だちがいる。

紬が寂しがるのは、当然のことだ。

『悠海ちゃんはわたしを置いて、どんどん大人になっていくね』

「全然、大人なんかじゃないよ。まだたった十五歳だもん」

『それでも、小学六年生だったあの頃は、十五歳なんて、高校生なんて、すごく大人に思えたのにね。すごいな。悠海ちゃんもう、そんなところにいるんだ』

「ごめんね。わたしひとりで、大人になって」

『なんで謝るの。悠海ちゃん、ちっとも悪くないよ』

それきり、ふたりの会話は途切れてしまった。

紬になんて言葉をかけたらいいのかわからなかったし、紬が今どんな言葉を欲しているのかもわからなかった。

紬が絶対に手にすることのできない未来を手にしている罪悪感だけが、じわじわと心を浸していた。

第六章　ロング・グッドバイ

その日から、四年。

仙台に戻ってからの一年は、DVDを早送りするようなスピードで過ぎていった。

三年ぶりの仙台で高校生になり、新しい家は白砂から車で五分のところにある復興公営住宅で、その町に新生福田ベーカリーがオープンした。

震災で失われた町・白砂のパン屋さんが復活したと、ちょっとした話題になって、毎日繁盛している。本当は家があった場所でパン屋さんを始めたかったけれど、震災のあと土地を市に売ってしまったから、そうそううまくはいかない。

津波に遭った区域は災害危険区域に指定され、人が住めなくなっている。これから何かしらの建物が建つらしいけれど、何が建つのかわからないから、少し怖い。家のあった場所にまったく違うものが建ってしまったら、本当に故郷が失われてしまう気がする。

吹奏楽は高校でも続けている。わたしが進学した高校は吹奏楽部の強豪で、それが目当てで選び、覚悟して入部したんだけれど、中学の時とは比較にならないほど練習が厳しかった。朝練、昼休みも練習、放課後も二十一時まで練習があって、土日も返上。唯一水曜日だけがお休みだ。

毎日部活のことを考え、音楽のことを考えている生活で、その合間にこれも中学時代とは比較にならないほど難しくなった高校の勉強もしなきゃいけないから、紬と話す時間は自然と少なくなっていた。部活で疲れきって家に帰ってきて、お風呂に入って紬とひとこともしゃべらないまま、ベッドに潜りこんでしまう日もあった。

わたしはもう、津波で家が流され親友を失ったことを、高校で仲よくなった友だちに自然と語れるようになっていた。それはつまり、震災の痛みが少しずつ、わたしの中で風化しているということだ。

高校から自転車通学を始めた。電車で家からひと駅なんだけれど、自転車を使ったほうが速いから。その自転車を今日は放課後、家とは正反対の方角に走らせる。水曜日で部活はお休みだった。

わたしが目指すのは白砂。地震と津波によって壊滅的な被害を受けた、失われてしまった故郷だ。

仙台市の中心部はすっかり復興が進んで、倒れてきた看板や割れた道路もなくなったのに、白砂はここだけ時間が止まったよう。家々が基礎だけ残され、海からは冷たい風が吹きすさんで、時代に取り残されてしまった寂しさをかもしだす。

まず訪れたのは、震災の前日に紬と訪れたあの神社だった。水からわたしたちを守ってくれなかった水の神様は、小さな鳥居だけが残され跡形もなく流されていた。周囲の松林も津波にさらわれ、ぽつりぽつりと生き残った木が悲しそうに失われた町を眺めている。

海へ行くと、東北の三月の風が容赦なく頬を、膝下までのソックスからはみ出た脚を叩いた。曇り空の下、ブルーグレーの海は不気味に蠢(うごめ)いている。

あの日から、海を前と同じ気持ちで見られなくなった。

「紬。なんでわたしの名前、海って字が入ってるんだろうね」

コートのポケットから顔を出す紬に問いかけると、返事が来るまで少し間があった。

『なんで、って言われても。いきなりどうしたの？　悠海ちゃんは海、嫌いになった？あんなことがあったから？』

「別に海を嫌いになったわけじゃないよ。ただ少し、後ろめたいような気持ちがあるの。なんか、皮肉じゃない？　被災した人の名前に、海って字が入ってるなんて……」

『皮肉だとは、私は思わないけど。でも……』

びゅうびゅうと海風が唸り声を上げ、コートの中でわたしは身をすくめる。ポケットの紬を握りしめる。

『悠海ちゃんの名前、わたしは好きだよ』

「ありがとう、紬」

　慰霊碑に手を合わせて、わたしは海をあとにした。

　次は震災のあとも取り壊されずに残っている白砂小だ。今は別の小学校に間借りして授業を行っているから校門は閉じられ、立ち入り禁止の札が貼られてある。固く閉まった校門の向こうに、瓦礫にへし折られた窓の鉄柵が見えた。

　この小学校も、時間に取り残されている。かつて校庭を元気に走り回っていた子どもたちの声はもう、どこにもない。

　わたしにとってこの白砂小は、複雑な思いを駆り立てる建物だ。見れば津波のあの日の怖かったことを思いだしてしまうし、でもわたしにとっては六年間の思い出がある場所で、津波から救ってくれた恩人のような場所でもある。

　ここに来て手を合わせている白砂の人もいれば、まだ来れずにいる人もたくさんいるんだ。

「ここね、このまま取り壊さないでずっと残しておくかもしれないんだって。震災を知らない人たちに、津波がどれだけ怖いものか、伝える建物として。でも白砂の人としては、ちょっと複雑だよね」

『悠海ちゃんは、残さないほうがいいって思ってるの?』

「わからない。なくなったらなくなったでつらいと思うし、もう仙台の街中の人たちなんて、地震があったこと自体忘れたようにして暮らしている人も大勢いるから、そんな人たちに津波の恐ろしさを伝えるものは、必要だと思う。でもそれが、白砂小で本当にいいのかな。いくら考えても、よくわからないや」

瓦礫がすっかり撤去されてしまった道路に自転車を走らせ、最後に元新窪地区へと向かう。

沿岸部から少し離れている新窪地区は、津波による犠牲者がもっとも多かった地区だ。まさかここまで津波が来るとは思ってなかった人たちが、大勢逃げ遅れた。紬もそのひとり。あの日の詳しいことは未だに聞きだせずにいるけれど、紬とそのお母さんもこんな海から離れたところまで津波が襲ってくるなんて思わずにいて、避難しないで、やっと危機を感じて逃げた時には遅かった、ということだったに違いない。

「ここだ。わたしの家」

震災後一週間経ってから戻った家はあの時はめちゃくちゃになってぺしゃんこになった車が突き刺さっていて、今はその跡形すらも消えている。コンクリートむきだしの基礎部分が、寒そうに三月の東北の風に晒(さら)されていた。

「そしてここだ。紬の家」

『私の家』

紬の家もわたしの家も、周りにあったものがすべてなくなってしまってどこにあるかわからないけれど、小学校を目印に方角から見当をつけて、やっとわかった。紬の家も、わたしの家と同じだった。土台だけ残して、寂しい姿だけになってかろうじて過去の存在を思い知らせてくる。

「ここらへんが紬の玄関だったよね。その隣がトイレ」

『その向こうに台所。隣がリビング』

「紬の部屋はリビング正面の階段の二階だった」

そんなことを言いながら、記憶が曖昧なことに気づく。紬のリビングにかかってたカーテンの色は青だったっけ、オレンジだったっけ。紬の部屋のベッドは、どの位置に置いてあったっけ。紬のお気に入りの本は、本棚のどの位置にしまってあったっけ。

『どうしたの、悠海ちゃん』

黙りこんだわたしを心配して紬が声をかけてくる。その声も以前より遠くから聞こえてくる気がして、泣きだしたい気持ちになっていた。

「ごめん、紬。わたし、少しずつ紬のこと忘れてる。あれだけたくさん、紬の家に行ったのに、紬の家の中がどうなってたのか、紬の部屋がどうなってたか、今思いだせそうとしても思いだせないことが、たくさんある」

『いいんだよ、悠海ちゃん。忘れても、いいんだよ』

忘れてもいいと言われていることが、より罪悪感をふくらませる。わたしは忘れたくないのに。忘れたら、紬の存在が過去にしかなくなってしまったら、紬が本当に死んでしまう。それだけは、絶対駄目なのに。

『震災のことを忘れてはいけないっていうのは、これから別の災害が起きた時に私や悠海ちゃんみたいな目に遭う人を少しでも減らす、そのためだから。大きな地震が遭ったこと、想像以上の津波が来たこと、そこで亡くなったり行方不明になった人がたくさんいたこと、これからもこういうことが起こりうるってことは忘れちゃいけない。でも悠海ちゃんみたいにつらい目に遭った人は、時間によって少しずつ心の痛みが薄れていくこと、とても必要だと思う』

紬は語りかける。少し遠くから。生きている時と同じように、一生懸命に。

やっぱり、紬は今も、死んでないんだ。

『生きることって、過去が増えていくことだと思うの。起こったことはなんでも過去にしなければ前に進めない。だから、忘れることは悪いことじゃないし、むしろ忘れることが、救いになるんじゃないかな』

「ありがとう、紬」

そう言いながらそっと鼻をすすった。

『悠海ちゃんの泣き虫』

紬が笑う。久しぶりに聞いた紬の笑い声だった。

「泣き虫って言わないでよ」

海から吹いてくる寒風に涙を乾かせながら、わたしは言う。

町がなくなっても、生まれ育った土地に吹く風の匂いは変わらない。


「悠海ー！」

男の子の声に名前を呼ばれ、びくっとして振り返るとかずくんだった。

仙台に戻ってきてから白砂小の友だちと集まることは何度かあったけれど、こんなふうに道端で声をかけられるのは珍しい。仙台は広いし、高校はみんな別々だから。

「かずくん、高校の制服、似合うね」

「悠海も似合ってるよ。なんかもうすっかり、女子高生だな」

「だって女子高生だもん」

「知ってるよ。でも、なんか俺の中では悠海も篤樹も白砂小のみんな、全員小学生で止まってるんだよなぁ。だからこうしてたまに会って、制服着てたりすると、ちょっとびっくりする」

自転車から降りて手で押して、かずくんと並んで歩きながら、しばらく白砂小の思い出話やみんなの近況に思いを馳せる。わたしもかずくんと同じ気持ちだ。こうしてたまに会うと、背が伸びたことや声が低くなったことに驚いてしまう。

地震が起こらなかったら、津波が来なかったら、こんな変化ももっと間近で見ることができたのにな。

「女子はみんなで集まったりすんの？」

「するよー！　わたしだけじゃなくて、愛瑠も乙女も仙台に戻ってきてるし。みんなもうすっかり、高校生だね。知ってる？　美宇、彼氏ができたんだよ」

「知ってる。それに彩希子と晃太郎も付き合い始めたし」

「えぇ!?　何それ!?　わたし知らない」

「だってほんの一、二週間前の話だからな。晃太郎から知らされた時は俺も本当びっくりしたよ」

「かずくんは彼女できないのー？　サッカー部なんだから、モテるでしょ？」

学校でいちばんサッカーがうまかったかずくんは、長い仮設暮らしの間も、復興公営住宅に移ってからもサッカーを辞めなかった。今もサッカー部のロゴが入った大きなスポーツバッグを肩にかけている。

「イメージほどモテないぞ、サッカー部なんて。今の高校、俺よりうまい奴がごろごろしてるからな」

「そうなの？　それでもかずくんなら、告白とかいっぱいされてそうだけどな」

「俺のことはいいよ、それより悠海のこと。お前、篤樹とは連絡取ってる？」

なんでここでいきなりあっくんの名前が出てくるのか、一瞬わからなかった。でもよく考えたらかずくんとあっくんは、いちばんの仲よしなんだ。あっくんがわたしを好きなこと、告白したこと、かずくんには話していても全然不思議じゃない。

「地震が来る前に、相談？　てか打ちあけ話？　されたんだ。悠海が好きだって」

「そんな前から……」

「それ以来ずっと相談乗ってるよ、一年前に篤樹が悠海に告白したことも知ってる。お前、ちゃんと返事してないんだって？」

「返事も何も。付き合ってくださいとか、そういう告白じゃなかったし……」

あっくんからはときどきラインで元気にしてる？　とか、こんな面白い写メ撮れた！　みたいな簡単な連絡が来る。それも一週間や二週間に一度とかの頻度で、わたしを好きなこと、でもその想いが一方通行なこと、わかっていてしょっちゅう連絡してこなくて、でも連絡せずにはいられないこと。全部気づいてしまう。

「だいたい、あっくんは幼なじみだもん。今さらそういう対象に思えないよ」

「もしかして紬のことが関係してる？」

びくん。ブレザーのポケットに入れた紬が震えた気がした。そんなわけないんだけれど。

「紬が篤樹を好きだったから、篤樹とは付き合えないって、そういうこと？」

「なんで……なんでかずくんがそのこと」

「俺だけじゃなくてみんな知ってるよ、晃太郎も利樹も快司も俊平も。女子は、女子だからもっと敏感なんじゃね？」

「じゃ、じゃあ。ひょっとして、わたしが武石先生のこと好きだったのもバレてた？」

「もちろん。お前らふたりして、わかりやすすぎなんだよ」

笑いながら言うかずくんに、返す言葉が浮かんでこない。てっきり、わたしが武石先生を好きなのも、紬があっくんを好きなのも、ふたりだけの秘密だと思ってた。でもそれは、秘密であって秘密じゃなかったんだ。

「なんか……みんな、大人だね。知ってるのに知らないふりしてくれるなんて。普通はそんなことわかったら、冷やかしたりするんじゃない？」

「俺たちあまりにも距離が近すぎて家族みたいだったから、そんなこともできなかったんだと思うぞ、みんな。悠海と紬の気持ちが真剣だったこともわかってたし」

「そうだよ。紬は真剣に、あっくんのことが好きだったの……ううん、今も、好きなの」

ポケットの上から紬にそっと手を触れて言う。これで間違ってないよね？　紬。バレちゃっているからにはちゃんと、紬の真摯な想いを伝えたかった。

「でも、それを理由に悠海が篤樹と付き合わないってのは、俺は違うと思うぞ」

右側を歩きながらかずくんが言う。三月の仙台、夕方はまだまだ風が冷たくて、ふたりの首に巻いたマフラーがふわりふわりと揺れていた。

「紬があんなことになっちゃったから、余計に紬の気持ちを尊重したくなる気持ちもわかる。でも、俺も悠海も篤樹も、生きてるんだ。死者を思うのは大事なことだけど、前を向くのも同じくらい大事なことだと思うぞ」

「前を向くのが、あっくんと付き合うこと、なの……？」

「そうじゃなくて。悠海は悠海で、篤樹とどうするか、いっぺん紬のことはなしで、ちゃんと考えてみろって言ってんの」

そんなふうに思ったことなんて、一度もなかった。

あっくんはただの幼なじみ。

あっくんは紬の好きな人。

付き合うなんて考えられないと、最初から決めつけて、そこで思考停止していた。

でも、かずくんみたいな考え方もできるんだ。

『──悠海はすごいと思う。そんな悠海のことが、ずっと前から好きなんだ』

一年二カ月前。そう言って、まっすぐわたしにぶつかってきたあっくんの姿を思いだす。

恰好よかったな。あの時のあっくん。

好きだ、と思う。恋人としてじゃないけれど、友だちだけれど、そんなあっくんのまっすぐさがわたしは大好きだし、そんな幼なじみを持てたことがラッキーだと思う。

もしも、の話をしてみる。もしも、あっくんが紬の好きな人じゃなかったとしたら、わたしはあっくんの告白に今とは違う答えを出していたんだろうか。

「なんて、俺は篤樹の親友だから、篤樹のこと応援したいだけなんだけどなー」

そう言ってかずくんは笑って、じゃあまたな悠海、と小学生の時にしたみたいにぽんと肩を叩いて、踵を返した。小さくなっていく背中を、しばらくその場に立ち止まって、ずっと眺めていた。

みんな、大人になっていく。

みんな、前を向いて歩いていく。

紬を置き去りにして。

それが本当に正しいことなのかどうか、わたしにはわからない。

「――ねぇ、紬」

　中学の時よりはだいぶ広くなった家に入り、紬に話しかける。小学四年生になった春海は遊びに行っていて、お父さんとお母さんは店で働いていて、この時間、家には誰もいない。あともう少ししたら働くお父さんとお母さんに代わって家のことをやらなきゃいけないけれど、ちょっとは自分の時間もある。

「紬は、もしわたしがあっくんと付き合っちゃったらいや？　ううん、そんなの、いやに決まってるよね……でもかずくんに言われてみて、わかったんだ。わたしはわたしで、あっくんのこと、ちゃんと考えなきゃいけないって。ちゃんと考えるって、具体的にどうすればいいのか、全然わかんないけれど……」

　紬は答えない。こんな質問、そう易々と答えを出せるもんじゃないだろう。だからわたしは、ひとりで続ける。

「よくよく考えたら今は特に好きな人もいないんだよね、わたし。武石先生のことは今は心から祝福できるし、里中くんとはあのあとちょっと連絡取ったけれど、今は紗羽子と付き合い始めたみたいだから、それを応援したいし。だから今すぐお付き合いってのは無理だけどまずは友だちから、いやもともと友だちだからそれも変なんだけど。とにかくあっくんのことそういう対象として、今までとは違うふたりの形を作っていくって選択肢もあるんだよね。でもそれじゃあやっぱり、紬に申し訳ないし」

やっぱり答えない紬は怒っているのかと、不安になった。ただでさえ最近、紬と話す時間が減っている。その上にこんな相談事されたら、怒るのもあたりまえだ。

「ごめんね、わたし、紬に対してひどいこと言ってるよね……でもあっくんのこと、ちゃんと考えないといけないと思ったの。いつまでも今のまんま、中途半端なままだったら、あっくんにもよくないって。いつか答えを出さないと、ずっとわたしを想ってくれてるあっくんに悪いって——ごめん、紬」

紬は答えない。

そこで初めて別の不安が頭を黒くよぎって、ブレザーのポケットに入った紬を手に取った。紬が表情を作ったうさぎのぬいぐるみは、今日も薄くわたしに微笑むだけだ。

「紬……もしかしてしゃべれないの、紬？」

肯定も否定もしない、紬。返ってくることのない声に、目の前が真っ暗になる。でもそんなんの根拠もないけれど、このままずっと一緒にいられると思っていた。でもそんなこと、誰も保証してくれない、わたしのなんとなくの確信でしかなかったんだ。

突然やってきた現実に、思考が追いつかない。

「紬、やだよ、こんなの……しゃべってよ……ひとことでもふたことでも、どんなにひどい言葉でもいいから、しゃべって……」

涙がぽたりぽたり、制服のスカートに落ちてしみになる。握りしめた紬はそれでも黙ったままだった。悠海ちゃんの泣き虫、と紬は言ってくれない。

「紬、しゃべって。なんでもいいから、言って。泣き虫って言って。お願い……お願いだから……」

それでも紬は応えない。

最近、自分の生活が忙しくて紬と話せなかったから？

あっくんとのこと、真剣に考えようとしているから？

だから紬、わたしと離れていこうとしているの？

「ごめん、紬、もうあんなこと言わない。どんなに時間なくても毎日、紬とちゃんとしゃべる。だから、だから紬……戻ってきてっ……!!」

どんなに訴えかけても紬は無反応だった。

三月の日が暮れて夜が迫って、部屋を重たい闇が浸していた。

そう簡単に諦めきれないわたしは、それでも何度も紬に話しかけた。お風呂の前。宿題が終わったあと。寝る前の数分の間。朝起きてすぐ。学校に行って朝練が終わってからも、トイレの中でこっそり紬に話しかける。

「紬、まだしゃべれないの？」

朝の喧騒がトイレの個室にまで流れこんでくる。紬はやっぱり、何も言わない。

それにしても、こうして改めてしげしげと見ると、紬はだいぶ汚れてきた。もらった時は綺麗に真っ白だったのに、四年も持ち歩いていると薄ねずみ色になっている。中に入っている紬は十二歳の魂のままで、それでも四年の時が過ぎてしまったことを思い、わたしは紬を握ったまま佇むだけだ。

「お願いだから、しゃべってよ……戻ってきてよ……紬がいやなこと、もう絶対言わないから。あっくんとも、付き合ったりしない」

そう言うとカバンの中でぶうと携帯が鳴り、ラインの着信を告げる。

今まさに付き合ったりしない、と言ったそのあっくんからだった。

『元気？　お前、最近忙しい？　ちょっとだけでもいいから会いたいんだけど』

まるで図ったようなタイミングでの「会いたい」。今まであっくんは簡単な近況報告や元気ー？　とこっちの調子をさりげなく窺うばっかりで、会いたいなんて直接的なことは言ってこなかったのに。

何かをあっくんに見破られてるみたいで、落ちつかなくなる。

『毎日部活で忙しいよ。水曜日だけお休みだけど、今日木曜日でしょ？　一週間後になっちゃう』

『それでもいいよ。一週間ぐらいなら全然待てるし。ディズスト前でいい？』

必死に自分に言い聞かせる。これは、断じてデートなんかじゃない！　確かにあっくんはわたしを好いているし、告白してきたけど、お付き合いを申しこまれたわけではない。だいいちわたしは里中くんの時みたいに、あっくんにときめいていないし。これはただ、いちばん仲のよかった幼なじみ同士、久しぶりに会うだけ。ただそれだけ。紬に対して後ろめたく思う必要なんてないんだ。

『悠海は悠海で、篤樹とどうするか、いっぺん紬のことはなしでちゃんと考えてみろって言ってんの』

頭の奥で、かずくんに言われた言葉がリフレインして、胸が痛んだ。あの日、ちょっとでもあっくんと付き合うことを考えたから、紬はわたしから離れていこうとしているんだろうか。

違うよ。本当に違うよ、紬。

あっくんのこと好きになったりしないから、お願いだから戻ってきて。

どこにも行き場のない願いを、胸の中で繰り返した。

『OK。じゃあ、一週間後、水曜日の放課後十六時、ディズスト前で』

ラインを打ち終わってからため息をつき、トイレを出た。

一週間後には紬、しゃべれているよね？　いつもどおりの日々が戻ってくるよね？

無理やりにでもそう信じていないと、自分が壊れてしまいそうだった。

一週間が過ぎても紬はしゃべらないまま。いくら声をかけても軽く叩いたり揺すったりしてみても、なんの反応もないままだった。

朝起きたらまず紬に話しかけ、学校の中でも休み時間のたびにトイレに行って紬に声をかけ、部活でくたくたになって帰宅してからも紬に話しかける。高校生になってからここまで紬を意識して生活したのは、初めてかもしれない。

本当にわたし、紬を放っておいちゃってたんだな。

そのことに気づいて申し訳なくなる。でもあやまりたくても、紬が戻ってはきてくれない。

水曜日の仙台の街中で、わたしはぼんやりキャラクターグッズを眺めながら、あっくんを待っていた。仙台の中心部はあの日、津波こそ来なかったけれど、カオスそのものだったという。道路は割れるし壊れた建物はあるし余震は続くし電話はつながらないし電気は止まるし沿岸部の家族と連絡はつかないしで、誰もが一生分の不安と恐怖を味わった。帰ってみれば家の中はめちゃくちゃで、ライフラインが寸断されたから水は給水車に長蛇の列を作ってやっと手に入れ、お金があってもスーパーには物がなく、なぜかもやしだけが大量に手に入る始末。車があってもガソリンが手に入らないからどこへも自由に行けるわけじゃないし、水も食べ物もあった避難所より、かえって家がある人たちのほうが大変だったかもしれない。

それでも震災から四年が経った今、仙台市中心部は立派に復興し、一見したところは東京とほとんど変わらない。歩く人たちも地震が起こったことなんて忘れてるように、楽しそうに隣の人としゃべっていたりする。

喉もと過ぎれば、熱さ忘れる。

そんな言葉が、ディズスト前であっくんを待つわたしの脳裏に浮かんだ。

「おぅお前、だいぶ待った？　中で見てればよかったのに」

「あんまりキャラクターグッズ、興味ないんだよね。すぐ飽きちゃった」

やってきたあっくんとふたりで、緑に赤字の看板のファミレスに入る。ちょうど放課後とあって、店内はわたしたちみたいな若い中高生や大学生ぐらいの人たちばっかりだった。

「悠海もすっかり、女子高生だなぁ」

「それ、この前かずくんにも言われた」

わたしのほうこそ、向かい合うあっくんの姿に時間の重さを思い知らされる。すっかり背が伸びて声も大人っぽく低くなって、高校の制服が少し窮屈そうだった。

四年前はちっとも想像しなかった。あっくんがこんなに恰好よく成長するなんて。

紬にもこんなに素敵になったあっくんを見てほしかった。わたしじゃなくて、ずっとあっくんを好きでいた紬にあっくんの隣にいてほしかった。

「悠海は大変そうだよなぁ、毎日部活、部活、部活」

「しょうがないよ、名門の吹奏楽部に入っちゃったんだから。でも周りにいる子みんながうまいから、自分も頑張ろうって思える。中には音大目指してる子もいるんだよ。すごくない？」

「すごいな。悠海は音楽の道には進まないのか？」

「わたしにそれほどの才能はないよ。かといって、今は特に将来、なりたいものもないんだけれど」

「地震の前の日には将来の夢は先生だって書いてたじゃん」

「それはその、実際に先生になることなんて何も想像できないまま、子どもの頭で書いちゃっただけで。あっくんこそ、新聞記者の夢はどうしたの？」

「俺だって悠海と同じ、子どもの頭でなんとなく書いただけだよ。でも将来のことって、すごく先のことのようでそうでもないんだよなぁ。俺らもうすぐ高二だし、一年後は高三。卒業なんて、あっというまじゃん」

高校一年生、一カ月後には二年生になるわたしたちにとって、『将来どうするか』はまさに頭を悩ます問題のナンバーワンだ。普通に考えたら、受験勉強して大学に進学するのがいちばん真っ当で、問題ないコースに思える。でも大学に行くのだっておお金がかかるし、親に負担をかけることだし、そんなことを『将来の夢なんてわからないから、なんとなく』選択するのは正しいんだろうか。

まずは踏みだして、やりながら考える。それができるほど器用じゃないわたしは、無数の選択肢を目の前に途方に暮れるばっかりだ。

「あれから四年も経つんだなぁ」

ひとしきり話をして、わたしはカルボナーラにあっくんはハンバーグ、それぞれ頼んだものを食べてしまうと、感慨深げにあっくんが言った。あれから四年、のあれ。考えるまでもなく、わたしにだってわかる。

「仙台の中心部はこんなに復興が進んでて東京とすっかり変わらないのに、たまに白砂へ行くと津波で失われた町そのまんまで。なんか寂しくなる」

「俺も。たまに自分ちがあったとこまでチャリで行ってみるけどさ、本当になんにもなくて寂しくなるよ。だからって変なもの建てられてもイヤだけどさ」

「まさにそれなんだよね。ただでさえ、わたしの中でも風化が進んでるし。この前白砂に行ったら、紬の家の中がどんなだったか、紬の部屋のどこに何があったか、うろ覚えなの。紬に対して申し訳なく思っちゃった」

「そう、か」

あっくんが眉根を寄せて言った。

あっくんだけだ、わたしが紬と話せているのを知っている人は。

信じてくれなくても、あっくんにだけはこの話をしてもいいんじゃないんだろうか。

「あのね、あっくん」

勇気を出して口を開いた。あっくんのことをまっすぐ見られなくて、視線は握ったままのカフェオレのカップの取っ手に当てていた。

「わたしね、この一週間、紬の声が聞こえないの」

あっくんが驚くのが、見ていなくてもわかる。あの日以来紬と話せることはあっくんには言っていないから、唐突に聞こえたのかもしれない。あっくんにとっては、あの日たまたま、わたしがおかしくなっていた。そう見えただけなのかもしれない。

「確かに高校に入ってから忙しくなって、紬と話すことは減っていた。だから紬、怒っちゃったのかも。それで紬、わたしに話しかけてこないのかも」

「悠海――」

「いくら話しかけても揺すっても軽く叩いたりしても紬、無反応なんだよ。紬と初めて話せた中一の四月から、こんなこと、一度もなかった。紬、もうわたしと話してくれないのかも」

「悠海」

我知らず目頭が熱くなって、顔を上げると涙でふくらんだ視界の向こう、ぼんやりとあっくんが見えた。あっくんは少し前のめりになって、一生懸命にわたしに向かって言葉を紡ぐ。

「俺はさ、確かにばあちゃんにあの日、ひどいこと言ったよ。今でも謝りたいって、心から思ってる。あの日ばあちゃんにあんなこと言って、すごい後悔してる」

あの日の朝、目の前で見たあっくんとおばあちゃんの喧嘩、おばあちゃんの涙。何ごともなかったら、普通に笑顔で別れていたら、あっくんはきっとここまで苦しまなかっただろう。

「俺はあの時、なんにも知らなかった。大切な人を失う痛みも、その苦しさも、伝えたかったことを伝えられなかった後悔も知らなかった。でも知らないからこそ、本当のことを言ってたんだ」

「……どういうこと？」

本当のことを言っていた、とあっくんは言った。それは、あの時あっくんがおばあちゃんに投げた言葉が、間違ってないって言いたいの？　涙でかすれた声に、あっくんは応える。

「そりゃ確かに言い方はひどかったし、傷つけたとは思うよ。でもあの小六のガキの俺が言いたかったことは、本当のことなんだ。だからこそそれがブーメランになって、あの日からずっとずっと俺を傷つけているんだけど」

「あっくん……」

「生きていたら、いつかは悲しい別れがやってくる。それがいやなら、たったひとりで生きていくしかない。友だちも恋人も家族も作らないで。誰も好きにならないで。でもそんなの、ひどく乾いたつまらない人生だろ？　だから別れがやってきた時は、受け入れるんだ。つらくても悲しくてもしんどくても、受け入れるしかないんだよ」

死、という抗いようもないものを受け入れる。人間ができるのは確かに、それだけだ。どんなに強く願っても、死んだ人が生き返ることはないんだから。

でも。でも、わたしと紬の場合は違う。奇跡が起こって、紬が戻ってきて、今までずっと一緒にいた。これからもずっと一緒にいられると思ってた。だから今こんなに悲しくてつらくて、やりきれない。

「いつまでも悲しんでばっかりいても、誰も喜ばない。同情はされるだろうけれど、それだけだ。生きてるからには、前を向いて歩いていかなきゃいけないんだよ。悠海だってほんとは、わかってるだろ？」

「わかるよ。でもねあっくん、紬は本当に今も死んでないの。ずいぶん小さくなっちゃったけど、これが紬だよ。一週間前までは、話もできてたの。本当だよ……」

ファミレスのテーブルの上に紬を取りだしてあっくんに見せると、あっくんは悲しそうな瞳で紬を撫でた。


家に帰ると、わたしは十六歳の主婦になる。

テレビを見ながらダラダラしている春海を叱って宿題をやらせ、自分は洗濯と掃除。紬みたいに器用じゃないから料理はあんまり得意じゃないけれど、サラダとかチャーハンとか簡単なものなら作れるようになったので、それを用意する。そうこうしているうちにまずお母さんが帰ってきて一緒に台所に立ち、次にお父さんが帰ってきて四人で夕食。食卓の端っこの籠には、今日お店であまったパンが入っていて、春海は大好きなメロンパンをふたつも食べていた。

夕食の片づけはお母さんに任せ、ひとりの部屋でやっとひと息つく。これから宿題をやらなきゃいけない。レポートもあれば、お風呂にも入らなきゃいけない。部活が休みの水曜日だからって、やることはたくさんある。うんざりするほど。

しばらく用事山積みの現実から目を逸(そ)らしたくて、目をつぶる。

『悠海ちゃん』

その声を最初は、空耳かと思った。目をつぶっているうちにわたしの意識は眠りに沈みかけて、覚醒と眠りの間を彷徨(さまよ)っていたから、聞き慣れた紬の声までどこか非現実めいて聞こえたんだ。

『悠海ちゃん、私だよ』

今度こそがばっと跳ね起きる。机の上には、部屋着に着替える時にブレザーのポケットから取りだしておいたうさぎのぬいぐるみ。つまり、紬。

「紬!? 紬、話せるの!?」

『悠海ちゃん、声のボリューム気をつけて。お母さんたちに聞こえちゃうよ』

はっとしてリビングのほうを窺うと、テレビを見て笑っている三つの声が重なって聞こえていた。

「大丈夫。大丈夫だよ、紬。今はわたし携帯、持ってるもん。ひとりでしゃべってる声が聞こえたとして、携帯で誰かと話してるとしか思わない」

『あのね悠海ちゃん、聞いて』

切羽詰まった声の有無を言わさない響きに、わたしは黙る。悪い予感がさあっと頭の裏に広がっていった。紬は今から、わたしにとってよくないことを言おうとしている。

『あの日はね、私、午前中こそだるかったけど午後は熱も下がっていつもどおりで、その時はベッドの中で本を読んでた。宮沢賢治(みやざわけんじ)の『銀河鉄道の夜』。私がいちばん、大好きだった本。半分くらいまで読んだ時、地震が来たの』

紬の話が思考をあの日に引き戻す。わたしはあの時、学校で授業を受けてた。六時間目の授業で国語で、親への感謝の手紙を書くってやつで、なかなか言葉が浮かばなくてすごい苦労して。

そんな時、地震が起こった。わたしのところで、紬のところで。

『最初はいつもの地震かな、って思ったらすごい揺れで、本棚から本は落ちてくるし、学習机の上のものとかもどんどん倒れてくるし、壁に飾ってあった写真も落ちるしでもうほんと、怖くって。反射的に本棚から離れて、身を守ってた。紬、紬、って近づいてくるお母さんの声がするの。でもそのお母さんもあまりの揺れで、すぐに部屋の中に入ってこられなかった。ようやく揺れが落ちついて、部屋にお母さんが入ってきて、ふたり、抱きしめ合った。私、怖すぎて泣いてた。お母さんの腕の中があんなにあったかいところだったなんて、初めて知ったよ』

わたしも怖かった。こんなにものすごい地震なんて初めての経験で、どうしていいかわからなくて、机の下に潜っても机の脚で身体を支えることすらままならなかった。余震も、すごく長く続いた。いつ揺れていつ揺れてないのかもわからないほどの地震が、わたしたちを襲った。

『ふたりで一階に下りてテレビをつけても、停電しちゃってるからつかない。情報がないからすごく怖かった。街で働いてるお父さんに、お母さん、泣きながら何度も電話してたよ。何度も何度も電話して、何度も何度も通じなかった。やっと通じた時はひとことだけ会話ができた、津波が来るから逃げなさいって。わかったって、わたしとお母さん返事して、電話を切ったの。そこで初めて、避難の準備をした。でもその時はまさかこんな海から離れた地区まで津波がやってくるはずないって半信半疑だった』

わたしも、うちは大丈夫だって思ってた。新窪は津波の恐怖を感じるには、沿岸部から離れすぎていた。津波だってちょっと地震があれば、しょっちゅう来る。十センチとか、そのくらい。だからその時だって、その程度の津波だろうってどこかでタカをくってたから、まだ冷静でいられたんだ。

『車で街を目指したんだけど、道路がすごく混んでて信号も止まってて、全然走れない。そうこうしているうちに真っ黒いものが襲ってきて、なんだと思ったら津波なの。津波だよお母さん！　って叫んだ。お母さんは車で逃げることを諦めて渋滞のまっただ中で車を停めて、わたしを引きずるようにして外に出た。一生懸命走ったけど、間に合わなくて……』

「やめてっ！　やめてよ紬!!　それ以上、聞きたくないっ!!」

耳を塞いでも紬の声は直接脳へ流れこんでくる。容赦なく、わたしに『紬が死んだ』という現実を突きつけてくる。

『聞いて、悠海ちゃん。悠海ちゃんは私が死んだことをちゃんと知らないといけないの。そうするべきなの』

「紬が死んだ話なんて、聞きたくないよっ！　だって紬は今も死んでないのに！　こうしてふたり、話せてるのに!!」

『だから、それがおかしいんだよ。どうしたって私は四年前に死んだ存在で、悠海ちゃんはそのことを受け入れないといけない。死んだ人間といつまでも話せてるなんてことはあっちゃいけないんだよ、おかしいんだよ。悠海ちゃんは私が死んだ事実を受け止めて、生きていくべきなんだよ』

「それが、紬がここ一週間、わたしと話さなくなった理由……？」

答えがないことが、答えなのだとわかった。

わたしは紬が大好きだし、今だって大親友だし、紬の身体がなくなってもこうして魂はちゃんとそばにいて話せていることが、ずっと続けばいいって思ってる。でも紬は、そうじゃないのか。紬にとってわたしと一緒にいることは、おかしいことなのか。

『悠海ちゃん、ごめん。私、間違ってた』

「間違ってたって、何を……」

『悠海ちゃんの元に戻ってきたのが、間違いだった。私が悠海ちゃんと一緒にいたいのは、一緒にいたいっていう自分の欲を満足させているだけ。悠海ちゃんのためにならない。悠海ちゃんは私が死んだ事実を受け入れて、生きていくべきなんだよ』

湧いてきたのは悲しみではなく、怒りだった。紬に裏切られたような気がしていた。

そんな屁理屈いらない。正論いらない。わたしは、紬だけ一緒にいてくれればいい。

それのどこか、間違っているっていうの？

「紬、嘘言ってるでしょ!?」

『嘘って、何が……』

「そんなこと言って、生きているわたしのそばにいるのが、いやになっただけなんだ！　わたしだけ学校行ったり友だち作ったり部活やったり、楽しいことしてるのがいやになったんだ！　自分が置いていかれた気持ちになっているのが、つらくなっただけでしょう!?」

駄目。それ以上、言うな。

ひどいこと言ってるってわかってるのに、自分を止められない。

紬を傷つけてしまう自分を、止められない。

刃と化した言葉が勝手に溢れて、紬に向かっていく。

「消えていこうとしてるのは、あっくんのことがあるからだよ！　もっともそうなこと言って、本当はわたしがあっくんとうまくいきそうだから、あっくんとわたしが付き合っちゃったら、そばにいるのがいやだから、消えていこうとしている、それだけなんだ！　さっき、一緒にいたいのが自分の欲だって言ったけど、消えていこうとするのだって紬の欲だよ」

『悠海ちゃん……』

「いいよもう紬なんか、さっさと消えちゃえ!!」

はぁはぁ、吐きだす息が荒く、握りしめた拳が震えて手のひらに食いこむ爪が痛い。

本当はそんなこと、みじんも思っていなかった。

紬にこれからもずっと一緒にいてほしかった。

でもそれを言っても紬の決意が今さら揺らぐこともないのだと、感じていた。

どうしようもなくただ涙をこぼすわたしに、紬が言う。

『あのね悠海ちゃん。最後にひとつだけ、お願いがあるの――』


深夜一時。

三月下旬の仙台の夜はまだ寒く、ダウンジャケットにジーパン、ブーツじゃないと外を歩けない。

つい先日、震災から四年経ってセレモニーを行った白砂小は、あの時はたくさんの人で溢れて賑やかだったのに、今は失われた町にぽつんと建つ廃墟（はいきょ）のよう。お化けが出ると言われたら本気で信じてしまいそうな、不気味な雰囲気さえ漂わせている。

いや、実際お化けが出てもおかしくないんだ。白砂小はあの日校内にいた児童と避難してきた人たち、合計三百人以上を助けた奇跡の小学校なんて言われてるけれど、実際は津波が来た時校庭にいて、命を奪われてしまった人もたくさんいる。そういう人の魂がまだこの世に彷徨っていても、おかしくはない。

でもそれならそれでいいのかな、とも思ったりする。

震災から四年が経ち、ネットでは被災地で不思議な現象が起こってることを取り上げる動画も目立っていて、それを不謹慎だという人もいる。でも、実際に身内を亡くしてしまった人にとっては、たとえ霊だとしてもその人の存在を感じられることが救いになるんだ。

そんな紬の存在と、わたしは今からお別れすることになっている。

「待ったか？」

現れたあっくんにううん、と首を振るわたし。今日のことを話すとあっくんは最初驚いていたけれど、案外あっさりと賛成して協力してくれた。今から使う二本のスコップだって、あっくんが用意してきてくれたもの。

「家、どうやって出てきたの？」

「親が寝静まったあとにこっそり。悠海は？」

「わたしも、こっそり。こんな時間に出かけるなんて、何考えてるのって怒られちゃうし」

「だよな。でも、さっさとすませるぞ。今、一時だろ？　三時間たったら四時。それぐらいまでには終わらせたい」

うなずいてわたしたちはそれぞれ、がっしり閉じた校門をよじ登る。立ち入り禁止の札が貼られたその向こうに、堂々と入っていく。

真っ黒い闇に覆われた校庭には冷たい風が吹きすさび、あの日津波にさらわれてしまった桜の木も、二宮金次郎の銅像も、目印になるものは何もない。だから校舎に真向かいに立って、方角から見当をつける。何もなくなった町で自分たちの家を探すのと、同じ要領だ。

「ここだ。ちょうどこのへん。ここにあったんだよ、二宮金次郎の銅像と桜の木」

あっくんがスマホの明かりで照らしてくれる地面の一点を、わたしは指さす。四年も経つとさすがに記憶は曖昧になってくるけれど、自信はあった。

「瓦礫をどける作業で地面もある程度掘られちゃってるだろうから、それでなくなってる可能性もなきにしもあらず、なんだよね」

「それはないだろ。相当深く埋めたんだから。その分、相当深く掘らなきゃいけないけどな。てか、悠海、本当にいいのか？　こんなことして。ハタチになった時、みんなで掘りだすって約束だったろ」

「手紙を見るだけ。元どおりに戻しておけば、誰にもわからないよ」

わたしとあっくんがこれからやろうとしていることは、一種の泥棒だ。深夜外出、無断侵入、その上タイムカプセル荒らし。悪いことのオンパレードのはずなのに、罪悪感は少しも浮かんでこなかった。むしろ、わたしがこれからすることは正しいはずだと、信じて疑わなかった。

「じゃ、さっさと始めるぞ」

先にあっくんが地面にスコップの先端を突き刺した。ざくりと気持ちのいい音がした。

別れを告げた紬のお願いは、紬があの日、タイムカプセルに入れた手紙をわたしに読んでもらうことだった。『悠海ちゃんが手紙を読んでくれたら、私は安心してあの世に旅立てる。あの手紙に私の思いの、すべてがあるの』。わたしと離れていく決意をした紬は、そう言った。なんでそこでタイムカプセルが出てくるのか全然わからないし、じゃあここでその手紙に書いたことを話してよ、と言おうと思ったけれど、わたしはわかったと返事をした。

きっと今度こそこの世から旅立つ紬にとっては、その手紙をわたしに読んでもらうことが何より大切なことなんだろう。

あっくんに協力をお願いすると言うと、紬はあっさり了承した。女の子ひとりの力で地中深く埋めたタイムカプセルを深夜にこっそり掘りだすのは、無理だと思った。どう考えても最低ひとりは、男手が要る。それが頼めるのは唯一わたしが今も紬と話せることを知っている——信じてくれてはいないみたいだけど——あっくんだけだ。

ざくっ、ざくっ、ざくっ、と真冬の風が吹きすさぶ校庭の底でスコップの音が静かに響いていた。三月なのに、すぐにわたしもあっくんも汗びっしょりになって、ダウンジャケットを脱いでセーターだけになって、それでも暑くて仕方なかった。掘っても掘っても掘っても、タイムカプセルらしきものは見当たらない。ひょっとして場所が間違ってるのではないかと不安になる。

「本当にここで合ってるのかな」

土をかきだしながら不安を口にするとあっくんが言った。

「合ってるよ、俺も間違いないと思う。まだまだ、深さが足りないんだよ。あん時、めちゃくちゃ深く埋めたじゃん。しかしこれ、こんなに深く埋めて本当にどうするつもりだったんだ。取りだす時の大変さとか、考えなかったのかよ」

愚痴っぽく言いながらもあっくんは休まずシャベルを握った手を動かしてくれる。

一生懸命土をかいている間に、時間は刻一刻と過ぎていく。スマホが示す時間はあっというまに一時から二時になり、三時になり、四時になった。やがて東の空がぼんやり明るくなりはじめ、校庭を覆う闇が薄まってくる。本当に不安になってきた。やっぱり場所、間違えてるんじゃないのか？　あっくんをとんでもない徒労に付き合わせてるんじゃないのか？

カツン、とわたしのシャベルの先端が何かに当たり、ふたり、顔を見合わせる。

「あった」

自分の声が上ずっていた。あっくんとふたりで必死で目当ての物体の周りを掘る。穴はもう、わたしたちふたりがゆったり中に入れるくらいの深さになっていた。ようやく見つかった目当てのものに興奮を抑えきれぬまま、土をかき、二重のビニール袋に入った銀色の球体を取りだした。

「あった。本当にあった」

あっくんがスマホの画面をかざして明かりにしてくれて、白っぽい光の中でわたしはタイムカプセルを開ける。銀色の球体の中には十二人の卒業生たちがハタチの自分に宛てたそれぞれの手紙と、白砂小で過ごした思い出の写真が入っていた。

「これ！　卒業アルバム用にって四月に撮ったやつだよね！　懐かしいな、白砂小。こんなになっちゃう前は、ちゃんとした学校だったんだ」

「あたりまえだろ。ほらこっちは、修学旅行のだよ。面白いな、みんなおもちゃの日本刀持ってる」

「これは運動会の時のだ。運動会、うちの区が優勝したんだよね。わたしと紬はほとんど貢献してないけれど、すごい嬉しかった」

写真を前にしばらく時間を忘れ、思い出話に耽っていてふと我に返る。もうあまり時間がない。親が起きだす前にはわたしもあっくんも、家に戻っていなきゃいけない。その前にタイムカプセルを元どおりに埋めておく必要もあるんだ。

「わー。ほんとにみんな、手紙、書いたんだね。美宇のなんかこんなに分厚いよ」

「他人の手紙を勝手に読んじゃダメだろ、読むのは紬の手紙だけ」

「そうだけど。あっくんの手紙、読んじゃダメ？」

わたしの提案にあっくんはちょっとためらった後、いいよ別に、とぶっきらぼうな言葉を返してきた。

小六のあっくんの字は、今よりずっと幼い。真っ白い便箋を背景に、ぎこちない言葉が並んでいた。

『ハタチの俺へ

こんにちは、ハタチの俺。

元気でやってるか？　家族は、悠海は、紬は、一雅は、みんなはどうしてるかな？

ハタチになっても俺は周りの奴と、ちゃんと仲よくやれてるのか？

十二歳の俺は大人になるなんてまだ想像もつかないけれど、これを読んでくれてる頃には少しは立派になって、周りの人を大切にできるようになってるといいなと思います。

ところで、悠海のことはまだ好きなのか？

告白、してるのか？

もしまだ悠海が好きなら、俺、頑張れよ！

将来の夢とかあんまり考えたことないけれど、悠海に笑ってもらうことがハタチの俺に託した夢です。

井澤　篤樹』

「もういいだろお前！　それ以上読むなよ！」

ひったくるようにわたしから手紙を奪ったあっくん。スマホの照明に照らされて耳まで真っ赤になってるのが見えた。

ここまであからさまに好意を示されると、どう反応していいのかわからない。十二歳のあっくんの想いも、十六歳になったあっくんの想いもまっすぐで、わたしをただひたすら戸惑わせる。

「あっくん。なんかかわいい」

「うるせー！　そんなこと言ってると、お前の手紙も読むぞ」

えぇやだ、と言う前に、封筒に『福田　悠海』と記された手紙を奪われていた。

『ハタチのわたしへ
　わたし、元気ですか？　わたしの周りのみんなは、紬は、あっくんは、武石先生は、美宇は彩希子は愛瑠は乙女は、お父さんやお母さんは、どうですか？　春海は少しは大人になって、わたしはちゃんとお姉ちゃんやれてるのかな。

ハタチって、これを書いている今からしたら八年後。八年って大人にとってはあっというまなのかもしれないけれど、わたしからしたらすごくすごく長い時間。一生と同じくらい、長い。

そんな長い時間の中で、わたしは少しは大人になれたのかな？

大人になってもどうか、白砂小で過ごした日々を、あなたの周りにあなたを大切に思っている人がたくさんいることを、忘れないでください。

今のところ、十二歳のわたしの夢は先生です。武石先生みたいな、素敵な先生になりたい。

二十歳のわたしは、どんな夢を持っていますか？

どうか、自分の夢に向かってこれからも歩いていってください。　福田　悠海』

「十二歳のお前、ずいぶんしっかりしてるな」

あっくんが素直な感想を漏らした。確かに手紙に綴られた言葉は十二歳にしてはちゃんとしてるというか、しっかり者だな、と思った。ものすごく考えて考えて悩んで悩んでやっと書いた記憶があるけれど、十二歳のわたしは十二歳なりに、子どもなりに、すごく真剣に大人になろうとしていたんだ。

「思いだした。わたし、先生になりたかったんだね」

「そう。それで俺のその時の夢が新聞記者。悠海は今も先生、なりたいと思う？」

「う～ん、よくわからない。すごく大変な仕事だってわかってるし、自分に務まるかなって思ったら自信ないし。でも、そういうこと、なんにも考えないで単純になりたい、て思って、十二歳のわたしは先生の道を目指したんだよね。そういうまっさらな、ただ、なりたい、って気持ち。すごく大事なのかもしれない」

なんにも知らないからこそ、子どもの言葉には真実を含んでいることもある。十二歳をナメちゃいけない。

ふたり、それぞれの手紙を便箋に元どおりにしまい、最後に紬の手紙を手に取った。わたしよりもあっくんよりもずっと綺麗な、礼儀正しい字で『中園　紬』とある。

「読まないのか？」

封筒を手に取ったまま、動かないわたしにあっくんが言った。夜明けの三月、東北の海辺の冷たい風のせいではなく、わたしは震えていた。

「読むのが、怖い。これ読んだら、本当に紬がいなくなっちゃいそうで」

「……だったら、やめるか？　手紙読まないで、全部タイムカプセルに戻して、土かけて」

「そんな、あっくんをここまで大変なことに付き合わせたのに……」

「俺のことはいいよ。お前が、決めろ」

あっくんが静かに言う。わたしが、決めるんだ。紬はわたしと離れたいと言った。こんなことは不自然だからと。わたしのためにならないと。

でもそれは、紬の意思。決めるのはわたしひとりにゆだねられている。

「——開けるね。紬の手紙」

あっくんがひとつ、深い呼吸をした。

スマホの光の中、わたしは折りたたまれた便箋を開ける。十二歳の紬の綺麗な字が、整列した蟻(あり)んこみたいにずらっと並んでいた。

『こんにちは、ハタチの私。

元気にしてる？　早死にしてないかな？　白砂小は今ごろどうなってるかな？

十二歳の私の夢はパティシエ。

美味しいお菓子をたくさん作って、人を笑顔にできる仕事に就けたらいいなって思ってます。

どうか身体に気をつけて、いっぱい親孝行して、これから大人になって立派なパティシエになってね。

そしてときどきは白砂小で過ごしたあの六年間を、思いだしてください。中園　紬

P.S.　この手紙を私が読む時は、きっと隣に悠海ちゃんもいるはずだから、悠海ちゃんへ。うさぎの人形、まだ持ってますか？　持っていたら、背中を開けてみてください』

途中から涙で視界がふやけて、文字がうまく読めなくなっていた。

そんなことあるはずないのに、何かを悟っていたとしか思えない文章だ。

紬はね、この手紙を書いてまもなく十二歳で死んじゃうんだよ。

パティシエどころか、大人にもなれなかったんだよ。

白砂小は学校として使えなくなって、今では津波で失われた町に廃墟のように佇んでいる。

そんなこと、とても紬に、言えるわけない。

「なぁ、うさぎの人形って、お前がいつも紬、紬って話しかけてるあれだよな？」

ごしごし、何度も目もとを手でぬぐうわたしにあっくんが声をかける。

「うん、そう。それ以外、ない」

「背中、開けてみようぜ。何か入ってるかもしれない。て、俺、ハサミないけど」

「ハサミならわたしが持ってる」

街へ遊びに行った時、紬と一緒に買ったお揃いのソーイングセット。紬と違ってお裁縫が苦手なわたしには全然出番がないけれど、紬の形見みたいなものだから肌身離さずいつもバッグに入れて持っている。

ハサミを背中に当て、しばらく躊躇（ちゅうちょ）した。これをしたらきっと本当に、紬はいなくなってしまう。ただでさえ、紬の魂が入っているものを自分で壊すなんて。そんなわたしの肩に、あっくんがそっと手を置いた。

「やめるのも自由だし、やるのも自由だ。でも俺も紬も、悠海に前に進んでほしいって思ってる」

泣きながら小さくうなずいて、ハサミを動かした。

サク、と小気味よい音がしてフェルトの生地が破れ、中から綿が飛びだす。わたしが約四年間握りしめていた大事なものは、こんなにも簡単に壊れてしまうものだった。

そのことにしばし、唖然とした。

「これ、じゃないか?」

飛びだした綿の中に小さく四つ折りにされた紙きれがあるのを、あっくんが見つけてくれた。小さなメモ用紙を、さらに小さく折ったもの。これが、小学六年生の紬がハタチのわたしに宛てた文章。あの時も、今も、わたしにいちばん言いたかったこと。

カタカタと震える手で、ゆっくりとメモ用紙を広げる。

『こんにちは、ハタチの悠海ちゃん。

悠海ちゃんは今頃、どんな大人になってるかな? 武石先生のことはまだ好き?

私はハタチになっても、あっくんのことが好きなのかなぁ。

でも、あっくんは悠海ちゃんのことが好きだから、たまにはあっくんとデートぐらいしてあげてほしいなって思います。

悠海ちゃんなら私、怒らないよ。

だから悠海ちゃん、これからも、ずっと私と一緒にいてね。

中園　紬』

全部読み終わった途端、ふわぁんと頭のてっぺんからつま先まで、あたたかな光に包まれた。白でも青でもピンクでもない、透明な、でもただただあたたかい不思議な光。これが紬の魂そのものなのだと、直感でわかった。紬の中に今、わたしはいる。

紬とわたしは今、ひとつになっている。

『ごめんね、悠海ちゃん。私が戻ってきたせいで、私が悠海ちゃんと一緒にいたいと思ったせいで、結果的に悠海ちゃんには、親友を失う経験を二度させることになってしまった』

紬の声が聞こえてくる。頭の中に直接、流れこんでくる。

わたしはそんな紬に声をかけるけれど、言葉は声にならず、思いだけが唇をぱくぱくとさせた。

謝らないで、紬はちっとも悪くない。悪いのは、わたし。わたししかしゃべれない紬、生きている楽しみが他になんにもない紬。そんな紬を、部活が忙しいからって放っておいちゃってた。紬が別の場所に行きたくなるのは、あたりまえだよ。

『いいんだよ、悠海ちゃん。私、戻ってきてよかった。こんなにたくさん、こんなに長く、悠海ちゃんと一緒にいられてよかった。人間の言葉で言うと今の私はきっと幽霊っていう立場なんだけど、私、世界一幸せな幽霊だよ。悠海ちゃんのおかげで』

そんなやさしいこと言わないで、そんな、泣きたくなるほど嬉しいこと言わないで。

わたし、紬になんにもできなかった。この四年間、紬の助けになるようなこと、何ひとつできなかった。何か困ったことがあると紬に相談してばっかりで、紬の気持ちは全然考えてなかった。そんなわたしがやさしいこと言われる資格、ないんだよ。

『大丈夫だよ、悠海ちゃんはそれでいいの。私はこれで、よかったの。満足してるの。言ったでしょ、手紙で。私たち、これからもずっと一緒だよって』

そうだよ、そう言ったなら、一緒にいてよ。お別れなんていやだよ。ひとりにしないでよ。ずっと親友でいてよ。紬のいない世界を生きていくなんて、無理だよ。

『悠海ちゃん、確かにこれから私は悠海ちゃんからしたらすごく遠いところへ、ずっと遠いところへ行ってしまうけれど。でもそれは、いなくなるってことじゃないの。私たち、いつでも一緒なんだよ』

どういうこと。全然わからない。そんなの、いやだよ。お別れなんて、いやだ。涙が溢れる。この涙は永遠に止まることはない。紬がいない悲しさに慣れることなんて、できるわけない。

『悠海ちゃんは、強くなったね』

強くなんかない。すぐ泣くし、すぐ凹むし、どうしていいのかわからないことばかりだ。こんなわたし、全然強くなんかないのに。だから紬に一緒にいてほしいのに。

『悠海ちゃんはもう、泣き虫じゃないね』

紬の声が少し遠くなった。何これ、どういうこと。本当にこのまま、紬、いなくなっちゃうの？

『ごめんね、悠海ちゃん。もう時間ないや』

時間ないって、何それ。どういうこと？　やっぱり全然わからない。いやだ。このままお別れなんて、いやだ――!!

『大丈夫だよ。悠海ちゃんは、ひとりじゃない。わたしはずっと、悠海ちゃんと一緒にいる』

ぶわっと光の玉が弾け、わたしを覆っていたあたたかいものが三月の冷たい空気に変わる。わたしの目の前にはあっくんと、掘られた穴と、二本のシャベルとタイムカプセル、開けられた手紙、そしてばらばらになった紬の身体。

反射的にわかってしまった。今度こそ、紬は消えたんだ。

「悠海!!」

地面に突っ伏しそうになるわたしの身体をあっくんが支えてくれる。その背中にわたしは必死で手を伸ばす。あっくんじゃなくて、遠くへ行ってしまった紬を抱きしめるつもりで。

こんなのいやだ。お別れなんていやだ。とても受け入れられない。つらい。悲しい。紬がいない世界で、わたしはこれからどうやって生きていったらいいの――？

「悠海、泣きながらでいいから聞いてくれ」

あやすようにわたしを抱きしめながら、あっくんが言う。肩までの長さの黒髪を撫でる手が、あたたかくて救われる。

「ハタチになった春に百回目の桜を見ましょうってあの日、校長先生が言っただろ？百回目の桜は津波に流されて咲かないけど。でも俺、悠海と何回でも桜を見るよ。百回でも二百回でも、空を見上げて桜を見て、紬やばあちゃんのことを思うよ。悠海と一緒に紬のこともばあちゃんのことも、ずっと覚えているよ。悠海は間違っちゃいない。紬は今も死んでいない。悠海と一緒なんだ。俺もばあちゃんと一緒なんだ」

いつのまにかあっくんも泣いていた。つい、忘れそうになっていた。あっくんもまた、大切な人を失った苦しみを抱えているんだということに。直前に喧嘩してしまった分、わたしよりもつらい思いをしたかもしれない。

「紬が、ばあちゃんが、俺たちにくれたのは、つらくて悲しいことだけじゃないだろ？そりゃ、いなくなったのは苦しいに決まってるけど、それだけじゃない。やさしさや思い出だってたくさんくれた。いろいろなことを教えてくれた。だから、つらいことや悲しいことだけじゃなくて、いいことにも目を向けようよ。そのほうが紬だってばあちゃんだって、喜ぶはずだ。前を向くって、死者を忘れるってことじゃない。その人がくれたいいことに目を向けるってことだと俺は思ってる」

震えながら言うあっくんを思いきり抱きしめた。三月の風がびゅうびゅう耳の横を通り過ぎていく。冷たい校庭の土の上、広げた手紙が散らばる。

「乗り越えられない悲しみなら、乗り越えなくていい。止められない涙なら、止めなくていい。でも、泣きながら苦しみながらも、前を向くことはできるんだ。それが俺たちが紬やばあちゃんに今できる、唯一のことなんだ」

そう言ってあっくんはそっとわたしの前髪をかき上げ、おでこに口づけた。

それは色っぽい意味とかじゃなくて、紬の代わりにしてくれたことなんだろう。

しばらくしてふたり、ゆっくりと身体を離した。

わたしはそっと立ちあがり、地面に転がしたダウンジャケットを羽織る。

あっくんとふたりでタイムカプセルを元に戻し、家に帰った頃には七時を過ぎていて、お母さんにどこへ行ってたのと案の定怒られた。早朝の散歩だとごまかすと、もうまったく何やってるのと口を尖らせた。

その日からわたしは一度も、紬の声を聞いていない。

エピローグ　あなたとともに、生きていく

その日から、八年。

かつて六年一組があった教室の窓際に机を四つ並べ、左側からわたし、あっくん、快司くん、そして武石先生が座る。集まった観客はゆうに百人を超え、用意していた椅子はとうてい足りなかった。九十分も立ちっぱなしでつらいはずなのに、中には六十歳を超えた人もいるはずなのに、不満が出ることはない。みんなそれだけ真剣に、わたしたち四人の話を聞いてくれているということだ。

「快司は今どういう思いで、NPO（エヌピーオー）やってるの？」

武石先生から聞かれた快司くんは、マイクを持ちながら背筋がぴっと伸びている。あの日、津波の写真を一生懸命撮っていた快司くんは避難所でも、仮設住宅でも、復興住宅に移ってからも、ずっと写真を撮り続けていた。高校二年生の時から同じ志を持つ同志を集め、『写真で伝える被災地』というNPOを立ち上げて、石巻（いしのまき）や東松島（ひがしまつしま）、女川（おながわ）などいろいろな被災地の高校生と交流しながら活動を続けている。

「今の被災地の現状を伝えたい、というのがいちばんですね。俺たちはあの日、本当

に大変な思いをしたんだけれど、そこから立ちあがって、頑張ってるところをちゃんと見てほしいし、伝えたいと思ってるんですよ。でも現実、復興はまだまだ進んでいないし、住んでいた家に戻れてない人もたくさんいる。東京の人たちはもう東北は元気に復興して、すっかり元どおりになってると思ってる人もたくさんいるので、そういう人たちに、実際はこれこれこういうことで困ってるんだよ、ということも伝えたいし」

「快司は実際、今何に困ってるの？」

「やっぱり、予算ですかね。ＮＰＯやってくのって結構お金、かかるんですよ」

快司くんが笑いながら言って、聴衆の中でもクスッと笑いが漏れた。

あの震災から八年、わたしとあっくんと快司くんの三人は、あの日白砂小で起きたことを経験した代表の三人として、今では震災遺構になっている白砂小で『あの日を語ろう。未来をつくろう。被災地と未災地をつなぐトークイベント』という講演会で話をすることになった。ちなみに快司くんはＮＰＯを作り、わたしとあっくんは語り部として活動している。

「篤樹は今どういう気持ちで、語り部として活動しているの？　人に『伝える』仕事をしたいから、東京の大学で勉強していて、新聞記者を目指してるんだよね」

ほう、と感嘆の声が聴衆から聞こえ、あっくんは少し照れ臭そうだ。

あの日から八年、タイムカプセルを取りだしてから四年が経ったあっくん。去年から東京の大学に進学しているから、こういう日でもないと会うことはない。今日顔を合わせるのは半年ぶりで、初めて染めたという茶髪がすごく似合っていることに今も驚いている。

「東京に行ってからわかるんだけど、東京はほんと、風化が早いんですよ。地震は必ずまた絶対来るのに、みんなそんなこと忘れて生活している。怖いなぁと思いますよね。だから俺は東京を中心に、語り部の活動をやってます。自分が経験したことを、他の人にもさせたくはないので。新聞記者になりたい、っていうのはあの日の前日に書いた将来の夢で、当時は単に新聞記者って響きがなんか恰好いいなって、それだけだったんですが。八年かけて、あの頃の夢が本当の夢になりました」

「新聞記者になったら、何を伝えたい？」

「やっぱりいちばんは、普段から避難訓練をきちんとしておくことですね。自分だけは大丈夫だろうって、なんの根拠もなく思わないでほしい。誰でもひとりで生きているわけじゃないし、死んだら悲しむ人は絶対いる。自分だけは大丈夫だろうって思うことは、その人たちの気持ちを踏みにじることなんですよ」

「あっくん、今でも十分、新聞記者だね」

マイクを通してわたしが言うと、二十歳になったあっくんが小さく笑った。十二歳の頃はあっくんがこんなイケメンに育つなんて想像もしてなかったな。茶色い前髪の下で少し細くなった目のやさしさは、あの頃とちっとも変わらないけど。

「悠海の将来の夢は、先生なんだよね。あの日の前日に、みんなで将来の夢を書こうっていうのがあって。悠海が先生になりたいって思ってくれたことが嬉しくて、今でも覚えてるんだけど。担任として、そういう子を育てられたんだ、ってことが本当に嬉しかった」

そう言う武石先生は、今日のトークイベントの司会担当で、白砂小の卒業生たちで組織された語り部NPOの代表をやっている。震災から八年が経ち、武石先生が教える子どもの中には震災のことを覚えていない子、生まれてすらいない子も出てきた。そんな世代に震災のことをちゃんと伝えたい、という気持ちで武石先生はわたしたちを集め、活動している。

「確かにあの日、わたしは先生になりたいって書いたけれど、それはあっくんと同じでちゃんとした気持ちじゃなかったです。本当に先生になりたいのかなって、書いている自分でも疑問なくらいで。でも、今は十二歳といういちばん多感な時期に地震を経験した自分だからこそ、次の世代に伝えられることがある、だからそういう仕事をしたくて、先生を目指してます」

紬と本当に別れ、部活に打ちこむことでなんとか自分を保っていた高校二年の春、武石先生から語り部として活動しないかと声をかけられた。最初は、断った。毎日はそんな暇もなく忙しかったし、高校二年生となればそろそろ進路のことも考えなきゃいけない。他のことをする時間的な余裕がないと。

でもそんなわたしを、武石先生は繰り返し繰り返し説得した。

『紬を亡くして、しかもその直後に東京に転校した悠海は、あの日、白砂小にいた子の中でもかなり大変な経験をしたほうだったと思う。でもそんな悠海だからこそ、今そばにいる大切な人を大切にすることの大切さを、伝えることができるって、先生は思ってる。それができるのは、悠海だけなんだ』

「子どもと言うほど幼くもない、かといって大人と言うには早すぎる小学六年生の時に震災を体験して、わたしたちはいろいろなことを学びました。大切な人を失う痛み。あたりまえに生活できることの幸せ。家族がいることのありがたみ。応援してくれた顔も知らないたくさんの人たちへの感謝。生き残ったわたしたちが一生懸命生きている限り、死者は本当の意味で死んだことにはなりません。わたしたちの中で今もちゃんと、生き続けているんです。死者を生かすことができるのは、生きているわたしたちなんです――」

聴衆の中から涙をすする音がした。わたしも込み上げる思いに、泣きそうになっていた。かつて六年一組だったクラスは掲示物や時間割も当時のまま遺されてていて、震災遺構となったここに来るたびにわたしの胸は懐かしさと切なさでいっぱいになる。

「亡くなった親友のことをこうして語れるようになるまでに、すごくすごく長い時間がかかりました。あの日のことを思いだすこと、語ることは、正直とても苦しいです。でも語ることこそ、わたしにとっては、未来を作ることなんです。地震はまた絶対、起こります。悲しいことや苦しいこと、大切な人を失う悲しみをちゃんと伝えないと、次の地震に備えようという気持ち、そして今を一生懸命生きようという気持ちが起こらないと思うからです。だから、どうか皆さんは、いつ何が起こっても、後悔しないような生き方をしてください。そして普段から、災害に対する備えを忘れないでいてほしいと思います」

ぱちぱちぱち、とどこからともなく拍手が起こった。

目を細めてわたしの話を聞いてくれる武石先生は、私生活ではふたり目が生まれ、今は三人目が奥さんのお腹にいる。

トークイベント終了後の教室にパンの甘く香ばしい香りが漂う。普段は荒井で店をやっている福田ベーカリーが、今日は一日限定、かつての白砂小で復活だ。名物のクロワッサンを無料で百個配ると、集まった人たちの笑顔で教室が幸せに満たされる。

店の近所のカフェもコーヒーを振る舞って、イベントに集まった人たちがパンとコーヒーでお腹と心をいっぱいにしていた。

「悠海ーっすごいっ!! 悠海の話、めっちゃよかった。ちょっと、いや結構、泣けたよう」

クロワッサン片手に、乙女が声をかけてくる。小六の頃男子よりも背が高かった乙女は、今も身長百七十二センチの長身。将来の夢に『保育士』と書いたこの子は、今は仙台市内で保育士になる勉強をしている。

「きっと今、天国で紬、泣いてるよ。悠海と友だちでいてよかった、って」

乙女の隣でそう言いながら目頭を押さえる愛瑠は、東京でマンガの専門学校に通っている。はにかみながら一度、愛瑠は自分の原稿をわたしに見せてくれたことがある。タイトルは『虹の向こうに行ったピコへ』。わたしやあっくんと同じように、自分も伝えたいものがあるからマンガを書くのだと、愛瑠は言う。

「悠海、いい先生になりそうだよねぇ。わたしも頑張らなきゃなぁ」

そういう美宇もまた、あの日十二歳の自分に託した夢を現実の目標として定め、歩いている。仙台市内で看護学校に通う美宇の夢は、あの頃と変わってない。

「なんかこうして会うたびにみんな、自分の方向性しっかり決めてて戸惑うわぁ。あたしなんてまだ、なんにもだよぉ」

仙台市内の大学に通っている彩希子が言う。普段はどちらかというと気が強いのに、いちばん震災時にパニックに陥っていて、震災後のPTSDもひどかった彩希子。一見そんなふうに見えないけれど、誰よりも繊細な心を持ってる。

「彩希子はいいじゃん、晃太郎がいるんだから。さっさと晃太郎を警察官にして、結婚しちゃえばいいんだよ」

なんて、無責任なことを言いだすのは乙女。彩希子の隣にいるこうくんが赤くなりながら笑う。高校生の頃から付き合い始め、今でも仲がよいふたりだ。

「何それー、そんだけじゃなんかつまんないじゃん！　あたしだってみんなみたく自分の夢、追いかけたい！」

「結婚して家庭に入って、たくさん子どもも作るのだって立派な夢だし、立派な社会貢献だよ。こうくんは今も警察官、なりたいの？」

わたしが聞くとこうくんはちょっと照れ臭そうに鼻の頭をかく。

「進路はいろいろ考えたんだけどさ。春から警察学校、入るつもり」

「おぉー、いいじゃん！　彩希子、よかったね！　警察官なら公務員だから、これで彩希子の将来も安泰だよ！」

美宇に言われ、勝手に夫婦にされた彩希子とこうくんが恥ずかしそうに笑う。その後ろで男子たちも笑ってる。

「としくん、地震の研究は進んでる？」

わたしが聞く。中学二年生のあの日、手紙に書いたように東京で大学に通いながら地震の研究をする道を選んだとしくんは、『あの日被災地にいた少年、地震と戦う』と大きく新聞で取り上げられたこともある。

「進んでるっちゃ進んでるけど、まだまだ、かな。地震を予知するのってすごく複雑な技術だし、精度を上げるとなるとまだまだ研究が必要なんだよ。僕たちが経験した地震だって、未曽有の大震災だったわけだしね」

「地球に住んでる以上、地震は絶対なくなんないしな。地震がそんなにいやなら地球から出てくしかないんだよ。他の星でも地震、起こるかもしんねーけど」

そう言うしゅんくんは、お母さんとおじいちゃんを亡くした苦しみを背負いつつ、ときどきわたしと一緒に語り部の活動をしている。仙台市内でＩＴ系の専門学校に通うしゅんくんの今の夢は、スマホのアプリを作る人になることだ。

「ゲームとかも作るけど、災害の対策になるアプリを作りたいんだ。俺らが持ってる、誰でも持ってる、いちばん身近な機械がスマホだろ？　あの時もツイッターがクラッシュしなかったように、停電してテレビも見れない、情報がない、そんな時にいちばん頼りになるのってやっぱスマホだし。スマホで手軽に防災できたらいいな、って思って」

「俊平はなんだかんだいってすげーよく考えてるよな。俺なんて未だに将来のことか遠すぎて、今度三年だからもうすぐ就活だってのに全然現実味、ないよ。広告代理店とかそっち系恰好よさそうって思うから、たぶんそういうの、目指すけど」

かずくんが頭をかきながら言う。仙台市内の大学に通っているかずくんとは今でも仙台に住んでいるグループ同士、集まって会うことがときどきある。

「それが普通なんだよ、全然普通。わたしだって、はっきり先生を目指そうって思ったの、語り部の活動を始めてからだよ。ハタチって白砂小にいた頃はとてつもなく大人に見えたけど、実際は広い社会の中から見たらまだまだ子どもなんだよね。だからわからないことがあっても、迷うことがあっても、いいと思う。手を差し伸べれば助けてくれる人は、たくさんいるんだし」

「じゃあ悠海、今度俺の進路相談に乗って。俺に手、差し伸べてくれよ」

そう言って差しだすかずくんの手を全員で握って、十一人、固い握手をした。

その時、十二人目の存在を確かに、感じた。

ずっと「廃墟みたい」だと思っていた白砂小は、震災遺構として整備され、津波が押し寄せて水の跡が残った場所や崩れかけた天井などはそのままに、地震と津波の脅威と、そこから立ちあがる人の姿と、そしてかつての白砂の姿を伝える建物になっている。平日でも日本じゅうから見学者が訪れるこの建物に、特別な今日はたくさんの人が集まり、さながらお祭りのようだ。

校庭に出るとピンクのエコ風船が配られる。三月の風に揺られ、花びらのようにひらひらと舞うピンク色の風船。あの日の翌年から毎年やっている風船リリースイベントでは、当然ながら毎回いろんな色の風船を配り、空はマーブルチョコを散りばめたようになる。

その風船が今年だけ全部ピンクになったのは、私たちの校長先生のはからいだ。

「地震が起こった前の日、私は六年生のタイムカプセルを埋めたあと、みんなに言いました。皆さんが二十歳になった春、ここに集まって、また桜を見ましょうと。皆さんが二十歳になる春、この白砂小は百年目を迎える、記念すべき春だからと」

時間になり、マイクを通して校長先生の声が聞こえてくる。八年前より少し老いた、でも懐かしい声。校庭に集まった白砂の人たち、白砂以外の仙台から来た人たち、その他から来た人たち。みんなが同じ声に耳を傾け、同じ空を見上げている。もうすぐ風船が放たれる空は、タイミングを計ったかのように綺麗なペールブルーだ。

「でも白砂小の桜は、あの日の津波で一本残らず流されてしまいました。故郷を奪われ、大切な人を奪われ、大切なものをたくさん奪われた白砂小のあの日の卒業生のために、私にできることは何か。必死で考えました。その答えが、皆さんが今手にしている、ピンクの風船です」

強すぎた風がやむ。まるで、今から放たれる風船を、そこに込められた思いを、受け入れますと言っているみたいに。

「自然の力はときに残酷で、容赦ありません。人間はそれに抗うすべを持たない。でも、何もなくなってもまたやり直す力を、人間は持っています。咲かなかった桜を咲かせることが、人間にはできるんです」

カウントが始まる。じゅう、きゅう、はち、なな、ろく。

みんなに合わせて声を上げながら、頭の少し上のところに浮かんでいる風船を見つめる。

ごー、よん、さん、にー、いち、

ぜろ。

空に桜が咲く。いくつものカメラのシャッターがその景色を切りとっていく。

「綺麗……」

隣で彩希子がつぶやいて、涙を浮かべていた。

息を呑むほど美しい空の桜はあっというまに散っていって、抜けるような青に吸いこまれていく。

でも見えなくなっても風船はまだ、そこにある。空の上をちゃんと、飛んでいる。

見えないけれど、そこにある。

それはまるで、命みたいだ。

死ぬって、いなくなるってことじゃない。

生きている時よりずっと深く強く、心に寄り添うことなんだ。


街へ行ってみんなでお酒を飲もう、と言いだしたのはこうくんで、誰もそれに異論を唱えず、風船リリースのあとはみんなで街へ繰りだすことになった。わたしとあっくんがちょっと用があるからあとで、と言うと何それ怪しいと美宇が言いだし、何お前らついに付き合いだしたの⁉　とかずくんが言いだして、みんなからさんざんからかわれた。違うからと必死で否定するあっくんの照れた顔は、小学校の時とちっとも変わっていなかった。

「知ってる？　山渕さんの家があったところ、カフェになるって計画があるの」

「知らなかった。いいな、カフェとか飲食系の店がこのへんにできるのって。変なものが建つのもいやだけど、白砂がいつまでもなんにもない町なのもいやだからな。カフェとかできて、また人が集まってくる町になるといいよな」

そんなことを話しながら、わたしたちの足は貞山堀（ていざんぼり）を目指している。小学校の時さんざん遊んだ、ずっと昔から白砂を支えてきたあのお堀だ。

「いいのか？　本当にそれ、流しちまって」

斜め後ろで言うあっくんに、力強く首を縦に振ってみせる。

貞山堀の岸辺にふたり、立っていた。岸を彩る草木もここから見えた民家もすべてなくなってしまっても、水だけはあの時と変わらず流れている。

わたしたちからすべてを奪っていった、恐ろしい水。憎い水。

でも、なければ生きていけない水。

「いいの。このほうがきっと、紬も喜ぶはずだから」

四年前に背中を開いてしまってからも、もうしゃべりかけることのない紬をゴミ箱に捨てることはとてもわたしにはできなかった。もう話さなくても、もうそこにはいないとわかっても、紬がくれた大切なものも、あの手紙も、自分が死ぬまで一生そばに取っておきたいと思っていた。

でもわたしは今、紬があの日くれたぬいぐるみを自分のソーイングセットで下手くそに縫い合わせ、手紙を添えて、木箱に入れている。これから紬を、元気だった頃の白砂でたくさん遊んだ貞山堀に流すんだ。

「今から思えばわたし、わがままだったよね。自分勝手だったよね。紬からしたら、一緒に死んだお母さんの元に逝って成仏するほうがいいのに、わたしのわがままで、四年もこの世に引き留めて。自分のことばっかり、考えてた」

そっと腰を落とし、水の上に木箱を浮かべる。木箱はゆっくりと流れに乗り、上下に小さく揺れながら、水の上を滑っていく。

桜が吸いこまれていった空は相変わらず透き通るような美しい青で、チョークの切れ端みたいな筋雲がいくつか浮かんでいる。春の空、春の景色の下、八年後のわたしたちは言葉を紡ぐ。

「俺はあれから八年経って毎日普通に生きてるし、笑うこともできる。でもばあちゃんのこと、乗り越えられたってまだ言うことはできない。簡単に乗り越えられることじゃないし、思いだして泣きたくなることがなくなるなんて、この先きっと、一生ないと思うんだ」

あっくんが言う。わたしはうなずく。

木箱がどんどん、遠ざかっていく。でも紬がわたしから離れていくことはないのだと、今なら理解できる。

「地震の直後はね、つらくても前を向いて頑張ろうって言われるたび、なんか違うなって思ってた。紬がいなくて悲しいことも、紬がいたこと自体も、忘れなさいって言われてるみたいで。人間って、不思議なくらい忘れやすい生き物だよね。わたしですら紬の声が聞こえなくなってから、紬のことどんどん忘れてると思う」

「俺も、忘れてる。八年が経って、ばあちゃんがどんな顔してたか、すぐに思いだせなくなってる。あんなに毎日一緒にいたのに、だよ」

「でもね、だからこそ忘れないように、どこかで誰かが同じような思いをしないように、周りの人に伝えることができるんだと思う。そうやって、世界と向きあっていけるんだと思う。だから忘れても大丈夫なはず。本当に大切なことは絶対、忘れないから」

いつからか、考えるようになっていた。

被災者として、じゃない。わたしとして、福田悠海として、この世に何ができるか。

十二歳の春にとてつもなく悲しい経験をしたわたしは、この世界とどうやって向きあっていったらいいのか。

その答えが語り部の活動であり、先生を目指すことであり、今ここで紬と別れることでもある。

「あっくん、知ってた？」

木箱がだいぶ遠ざかっていったあと、小さく言った。

紬は言わないでって言ったけれど、今ならいいよね？　わたし、間違ってないよね？

「紬、あっくんのこと好きだったんだよ。すごくすごく好きだったんだよ」

「知ってた」

予想どおりの答えを、あっくんは言う。そして遠ざかっていく木箱に向かって、目を細める。

「俺のこと好きになってくれてありがとうな、紬」

木箱を見送り、貞山堀に背を向けて歩きだすわたしたちの隣で、去年植えられたばかりの若い桜が揺れている。小さな若い桜でもちゃんと蕾をつけていて、でも東北の三月はまだ真冬だから、その蕾はしっかりと固い。

校長先生の言葉が何度も聴いてすり切れたカセットテープのように、頭の奥でリフレインされる。

『知っていますか。桜は、葉が落ちた冬でも小さな蕾をつけています。寒さに耐えながら、しっかり次の季節の準備をしているんです。その健気さが、先生はとても好きです――これからの皆さんの人生の中にも、つらい冬の時がきっとあるでしょう。苦しいことや悲しいこと、どうしようもないことの前に立ち尽くすしかない、そんな日もやってくるでしょう。どうかそんな時にも負けず、桜のように寒さに耐えて、いつか春になったら自分の花を咲かせてください』――

つらい冬の時は、わたしたちの想像よりずっと早くやってきた。

経験したくないことも、経験しなくてもいいこともした。

でも、悪かったことばっかり、奪われてしまったものばっかりなんて、思いたくない。

それでは大いなる力にただ屈しただけみたいで、なんか悔しい。

つらい冬を越えた分、わたしたちは綺麗な桜になって、今ちゃんとそれぞれの花を咲かせている。

「あっくん、いつまでこっち、いるの？」

「う━ん、いつ帰ろうか迷ってる。春休みだからな。ま、早いとこ帰ってゼミのレポ━トやんないとまずいけど。なんで？」

「もし暇なら、あっくんをデ━トに誘おうかなって思ったの」

隣であっくんが軽くのけぞり、そのついでに何もないところでバランスを崩し、危うく転びそうになった。驚きすぎだ。

「何そのリアクション、面白すぎ。これからみんなの前で教えていい？」

「いっ、いいわけないだろ！　馬鹿かお前！　そんなんしたらしばくぞ!!」

「レディ━に対してしばくはないでしょ、しばくは。それで？　デ━トするの？　しないの？」

不意打ちでぎゅっと手を握られた。強くこめられる力に、今度はわたしがのけぞりそうになった。

「するよ！　する！　俺は悠海とデ━トする!!」

「そんな大声で言わなくていいから！　ほら、見てる人いる!!」

特別な日だから貞山堀や海のあたりはまだ人が多くて、微笑ましい視線ができたてほやほやカップルのわたしたちに注がれている。

紬。これで、いいんだよね？

紬の代わりに、とかじゃなくて。

これからわたしはわたしの意思で、わたしの気持ちで、どんどんわたしの知らないあっくんを知っていくよ。

繋いだ手の温もりをしっかり味わいながら、あの頃も今も変わらずそこにある白砂小を見上げ、白い校舎に向かって決意する。

これからまたどんなにひどい悲劇があっても、想像もできない悲しみや苦しみがやってきても、わたしはちゃんと前を向ける。

だって、あっくんがいるから。お父さんやお母さんや春海がいるから。白砂小の友だちがいるから。紬がいるから。

生きるってことは、死者を抱きしめて歩いていくってことだから。

紬。

わたしたち、これからもずっと一緒だよ。

あとがき

七年前の震災の時、私はいろいろなことを感じました。人の力の無力さ、自然の残酷さ、一瞬にして多くの命が奪われてしまう悲劇が現実に存在する、不条理な世界に生きているということ。

同時に、いつかこの出来事を題材にした小説を書きたい。小説家としての自分にできる最大のことは、風化させないよう、この悲劇を次世代に伝えていくことだと。そういった思いも強くありました。

しかし実際、書き始めるまでに七年の月日がかかったのは、躊躇いも多くあったからです。

私は七年前の震災をこの身で体験したわけではありません。あの日は関東にいましたし、テレビで被災地の様子を知っただけ。震災で身近な人を喪ったわけではなく、ライフラインが途絶えた不自由な生活を味わったわけでもありません。

そんな私が震災についていったい何を書けるのか。考えに考えた末、思いついたのが、ぬいぐるみに形を変えて登場する紬というキャラクターです。

この世を去った人に会いたい。声が聴きたい。そんな思いは、大切な人を喪った経験のある人なら、一度は考えたことがあるのではないでしょうか。

絶対ありえない「もしも」を紙の上で形にすることによって、物語が動き出しました。

震災を扱った小説ということで、不愉快になられた方もいるかもしれません。特に被災された方が読んだ時は辛いことを思い出してしまったり、またはリアリティがないと感じる方もおられるでしょう。

賛否両論ある作品だと思います。それでもこの物語を世に出したいと思ったのは、震災から七年、風化が進み、世間の関心も薄れている今だからこそ、震災のことをよく覚えていない世代、あるいは何が起こっているのか当時理解できなかった世代にも、震災の事実を覚えておいてほしいと思ったからです。

今まで私は自分の作品には必ず主題が必要だと思っていましたし、実際メッセージ性の強い作品だと言われることもありました。でも今作に関しては、必ずこれを伝えなくては、と意図している主題はありません。

執筆にあたって被災地に足を運び、話を聞き、資料を読み、それで感じたことや思ったことを、素直に落とし込んだつもりです。

デビュー当時からスターツ出版文庫では「命」や「生きる」ということを主題にした作品を書いてきましたが、今作で「生と死を見つめる千姫シリーズ」三部作は完結となりました。今後はより幅広いテイストの作品に挑戦しつつ、読者のみなさまに楽しんでいただける千姫ワールドを展開していきたいと思っています。

最後に、この作品を手に取ってくださったみなさま、担当の篠原さん、編集の萩原さん、その他今作に関わったすべての方に、心からの感謝を申し上げます。

二〇一八年七月　櫻井千姫

参考文献

『つなみ　被災地の子どもたちの作文集　完全版』森健／編（文藝春秋）
『つなみ　5年後の子どもたちの作文集』森健／編（文藝春秋）
『16歳の語り部』雁部那由多・津田穂乃果・相澤朱音・佐藤敏郎（ポプラ社）
『仙台あるある』凛次郎・椎名さおり（ティー・オーエンタテインメント）

Special Thanks
CDP　貴田さま
Hope for project　高山さま
キッズナウジャパン　佐藤さま

東日本大震災で亡くなられた方々及び行方不明になられた方々に、この場を借りて追悼の意を表させていただきます。

この物語はフィクションです。実在の人物、団体等とは一切関係がありません。

櫻井千姫先生へのファンレターのあて先
〒104-0031　東京都中央区京橋1-3-1　八重洲口大栄ビル7F
スターツ出版(株) 書籍編集部 気付
櫻井千姫先生

100回目の空の下、君とあの海で

2018年7月28日　初版第1刷発行
2020年2月27日　　　第2刷発行

著　者　櫻井千姫

発 行 人　菊地修一
デザイン　西村弘美
Ｄ Ｔ Ｐ　株式会社エストール
編　　集　篠原康子
萩原聖巳
発 行 所　スターツ出版株式会社
〒104-0031
東京都中央区京橋1-3-1　八重洲口大栄ビル7F
出版マーケティンググループ　TEL03-6202-0386
（ご注文等に関するお問い合わせ）
URL　https://starts-pub.jp/
印 刷 所　大日本印刷株式会社

Printed in Japan

ISBN　978-4-8137-0503-1　C0193

スターツ出版文庫　好評発売中!!

『70年分の夏を君に捧ぐ』　櫻井千姫・著

2015年、夏。東京に住む高２の百合香は、真夜中に不思議な体験をする。０時ちょうどに見ず知らずの少女と謎の空間ですれ違ったのだ。そして、目覚めるとそこは1945年。百合香の心は、なぜか終戦直前の広島に住む少女・千寿の身体に入りこんでいた。一方、千寿の魂も現代日本に飛ばされ、70年後の世界に戸惑うばかり…。以来毎晩入れ替わるふたりに、やがて、運命の「あの日」が訪れる——。ラスト、時を超えた真実の愛と絆に、心揺さぶられ、涙が止まらない！

ISBN978-4-8137-0359-4 ／ 定価：本体670円＋税

『記憶喪失の君と、君だけを忘れてしまった僕。』小鳥居ほたる・著

夢も目標も見失いかけていた大学３年の春、僕・小鳥遊公生の前に、華怜という少女が現れた。彼女は、自分の名前以外の記憶をすべて失っていた。何かに怯える華怜のことを心配し、記憶が戻るまでの間だけ自身の部屋へ住まわせることにするも、いつまでたっても華怜の家族は見つからない。次第に二人は惹かれあっていき、やがてずっと一緒にいたいと強く願うように。しかし彼女が失った記憶には、二人の関係を引き裂く、衝撃の真実が隠されていて——。全ての秘密が明かされるラストは絶対号泣！

ISBN978-4-8137-0486-7 ／ 定価：本体660円＋税

『今夜、きみの声が聴こえる』　いぬじゅん・著

高２の茉菜果は、身長も体重も成績もいつも平均点。“まんなかまなか”とからかわれて以来、ずっと自信が持てずにいた。片想いしている幼馴染・公志に彼女ができたと知った数日後、追い打ちをかけるように公志が事故で亡くなってしまう。悲しみに暮れていると、祖母にもらった古いラジオから公志の声が聴こえ「一緒に探し物をしてほしい」と頼まれる。公志の探し物とはいったい……？　ラジオの声が導く切なすぎるラストに、あふれる涙が止まらない！

ISBN978-4-8137-0485-0 ／ 定価：本体560円＋税

『きみと泳ぐ、夏色の明日』　永良サチ・著

事故によって川で弟を亡くしてから、水が怖くなったすず。そんなすずにちょっかいを出してくる水泳部のエース、須賀。心を閉ざしているすずにとって、須賀の存在は邪魔なだけだった。しかし須賀のまっすぐな瞳や水泳に対する姿勢を見ていると、凍っていたようなすずの心は次第に溶かされていく。そんな中、水泳部の大会直前に、すずをかばって須賀が怪我をしてしまい——。葛藤しながらも真っ直ぐ進んでいくふたりに感動の、青春小説！

ISBN978-4-8137-0483-6 ／ 定価：本体580円＋税